乐山行图记

南方丝绸之路

唐长寿 著

四川文艺出版社

图书在版编目（CIP）数据

南方丝绸之路乐山行图记/唐长寿著. —— 成都：四川文艺出版社，2021.3
ISBN 978-7-5411-5947-3

Ⅰ.①南… Ⅱ.①唐… Ⅲ.①散文集—中国—当代 Ⅳ.①I267

中国版本图书馆CIP数据核字（2021）第028442号

NANFANG SICHOU ZHILU LESHAN XINGTUJI

南方丝绸之路乐山行图记

唐长寿　著

出品人	张庆宁
策划人	孙晓萍
责任编辑	张亮亮
内文设计	史小燕
封面设计	游昌学
责任校对	蓝海
责任印制	崔娜
篇章页摄影	赵义

出版发行	四川文艺出版社（成都市槐树街2号）		
网　　址	www.scwys.com		
电　　话	028-86259287（发行部）	028-86259303（编辑部）	
传　　真	028-86259306		
邮购地址	成都市槐树街2号四川文艺出版社邮购部　610031		
排　　版	四川胜翔数码印务设计有限公司		
印　　刷	四川盛世华彩印刷有限公司		
成品尺寸	168mm×239mm	开　本	16开
印　　张	18	字　数	220千
版　　次	2021年3月第一版	印　次	2021年3月第一次印刷
书　　号	ISBN 978-7-5411-5947-3		
定　　价	78.00元		

版权所有·侵权必究。如有质量问题，请与出版社联系更换。028-86259301

《南方丝绸之路乐山行图记》
编委会

主　　任：易　凡

执行主任：易志隆

成　　员：陈红骏　赵　义　陈泽君　尹秀英

　　　　　李军利　孙雁鸣　郭　延

封面设计：游昌学

封面题字：蒋　渝

序

　　书稿摆在案头，沉甸甸的。

　　书稿作者为乐山著名文史专家唐长寿。唐先生早年毕业于武汉大学历史系考古专业，长期致力于乐山地方文史研究工作，并利用工作之余，整理出版了十余部相关专著。他的著述，已成为乐山文史界、考古界、文化界不可或缺的参考史料和征引资料。对于本书的创作，作者在《后记》中作了十分明确的说明，这是他从自己几十年前拍摄的海量照片中精心挑选并撰文而成的一本关乎乐山在历史节点——"南方丝绸之路"上的历史、地理、风物及人文的典籍，也是一本关乎时代节点——新时代中国特色社会主义"一带一路"建设时期提供借鉴和佐证的应时之作。

　　客观地说，这是一部填补乐山人文历史及地理资料综合收集整理上又一空白的书稿。作者以"南方丝绸之路"作为切入点，有条不紊地将以乐山为中心的周边行政区划、道路走向、风物人情等，做了非常详细的收集整理，通过简明扼要、逻辑清晰的解说文字，一一展示给读者，让乐山历史景象跃然纸上，了然生动。

书稿通过精练的文字解读，配以大量的实物图片，将古嘉州（今乐山）境内（部分包含曾经的乐山行政区域）"南方丝绸之路"的条条块块，方方面面，以鲜活生动的方式展示出来：有帆樯如织的岷江道，有神秘美丽的平羌江道，有通达彝区门户的阳山江道，也有顺流进入川南、云南至东南亚、印巴及欧洲的沐源川道……那一条条道路上，既流传着无数传奇故事，也撒播着先民们对外开拓的精神和与外邦互通有无的气质。

翻阅书稿，我们仿佛看到了秦汉乃至更远时代的商旅队伍一会儿舟楫行流，一会儿骡马翻山的历史背影。那一方方、一队队的人物、货物，承载着巴山蜀水各族人民与外界交往的过往印记。同时也看到了发生在嘉州大地及其周边地带的重大历史事件，以及漫长的岁月里那些历史文化名人在灵秀嘉州大地上留下的吟唱与足迹。书稿通过大量真实图片及考据文字，让那些尘封的史实和记忆，从遥远的历史深处，摇着铃铛，喊着号子，悠然走来，走向遥远。

历史进入新时代，习近平总书记高瞻远瞩，提出了建设"一带一路"的宏伟目标。而作为"一带一路"中的陆上"丝绸之路"，是古代中国连接亚洲、非洲和欧洲的陆上商业贸易路线，大量中国出产的丝绸、瓷器、茶叶等商品从这条线路上出境，成为东西方在经济、政治、文化等诸多方面进行交流的主要通道。在"丝绸之路"著名的南、北两条线路中，乐山则正好处在了"南方丝绸之路"的重要节点上，承载着重要的历史使命，这也是我们编辑出版这本书稿的出发点和初衷。

乐山不仅是"南方丝绸之路"上的一个站点，更是一个重要的货物集散地。从书稿中，我们仿佛看到，无数从梓州、利州、成都、巴州川流不息的货物从此经过，同时也看到了作为货物集散地的古嘉州通过东西南北的条条道路，将四周物产汇流集合，而后归于"丝绸之路"通向域外的繁荣景象。据本书作者此前考据，乐山崖墓的集中与偏奢侈化，莫不与乐山处于"南方丝绸之路"要冲而商贸发达有着重要的关系。正是有了发达的商贸基础，才造就了乐山地区中、上古时代的富足与繁荣，才有了奢华无比的墓葬群落。在这部书稿里，作者将这些曾经灿烂一时的文明，图文并茂地予以展示，读之不免令人震撼。

回头再看这些资料的收集整理，看似寻常最奇崛，成如容易却艰辛。那一帧帧照片，一行行文字的后面，既体现出作者的学识水准，也彰显出作者对于地方文化事业发展及文化遗存抢救的拳拳之心。看着那些照片，对照那些文字，让人仿佛在今古之间穿越，如亲临现场一般亲切、真切，几可触摸。作为编者，我们也真心为有这么一部书稿的面世而倍感欣慰。

近年来，乐山市政协文化旅游和文史资料委员会在乐山文史资料的挖掘整理上做了一些力所能及的工作。作为编者，尽可能地为乐山城市留下更多更翔实的文史记忆，是我们应尽职责。我们希望藉此书的出版，为乐山再添文史新作，以利后世。

是为序。

编者

目 录

第一章　岷江道

　　一、平羌三峡　　003

　　二、清溪驿　　015

　　三、嘉定驿　　028

　　四、岷江东山　　042

　　五、凌云乌尤　　050

　　六、冠英镇　　065

　　七、犍乐盐场　　071

　　八、四望关　　079

　　九、金犍为　　095

　　十、下坝驿　　115

第二章　平羌江道

　　一、棉竹铺　　　　127
　　二、夹江古城　　　137
　　三、古泾口　　　　149
　　四、石面渡　　　　159
　　五、石笔定洪州　　165
　　六、竹箐关　　　　168

第三章　阳山江道

一、苏稽铺　　　181

二、镇子场　　　198

三、天下名山　　208

四、高桥场　　　216

五、沙坪渡　　　225

六、安谷镇　　　229

七、沫若故里　　237

八、大堡城　　　243

第四章　沐源川道

一、清水溪　　　257

二、沐源川　　　261

后　记　273

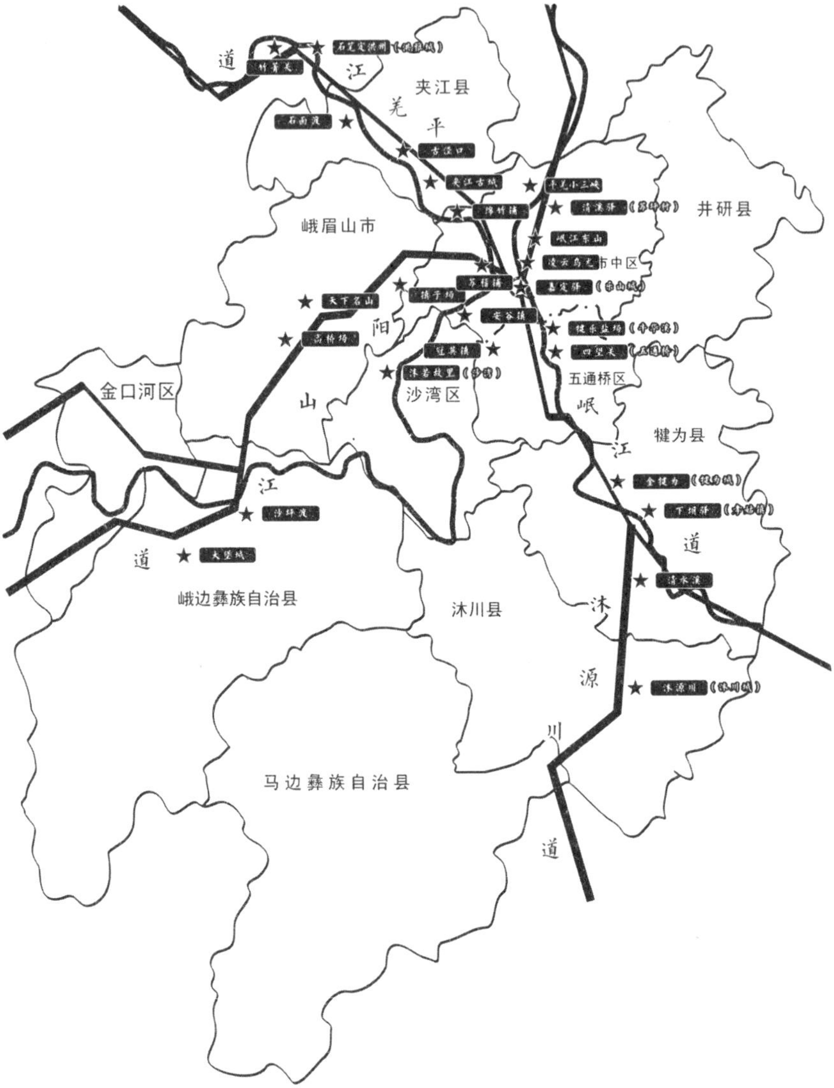

"丝绸之路"是德国地理学家冯·李希霍芬于1877年正式提出的，指以丝绸贸易为主的东西方商路和交通路线。张骞出使西域后，正式开通了这条从中国通往欧洲大陆的陆路通道。

相对于西北丝绸之路，史学家称从成都出发南下经云南、贵州往东南亚、中亚、西亚、欧洲的国际商道为"南方丝绸之路"，即司马迁《史记》所称的"蜀身毒道"。《史记·西南夷列传》载："及元狩元年（前122），博望侯张骞使大夏来，言居大夏时见蜀布、邛竹杖，使问所从来，曰：从东南身毒国，可数千里，得蜀贾入市。"故名"蜀身毒道"。

南方丝绸之路以成都平原为起点，向南分为东、西两线：

东线称"五尺道"（有的时期又称"石门道"）；西称"零关道"（有的时期又称"牦牛道"或"清溪道"）。五尺道从成都出发经四川新津、彭山、眉山、青神、乐山、犍为、宜宾，云南大关、昭通、曲靖，经昆明、楚雄，西折至大理；零关道从成都出发，经四川双流、新津、邛崃、雅安、荥经、汉源、越西、喜德、泸沽、西昌、德昌、会理、攀枝花，越金沙江至云南大姚、姚安，在大理与东线会合后，继续西行至今永平，称为"永昌道"（又称"博南道"）。从永平翻博南山、渡澜沧江，经保山渡怒江，出腾冲至缅甸密支那，或从保山出瑞丽抵缅甸八莫，再西去印度、中亚、西亚而达欧洲。

南方丝绸之路东线第一段路程均要沿岷江而下到宜宾转五尺道陆路。沿岷江的南丝路称为"岷江道"，位处岷江中游的乐山成为必经之地。

此外，南丝路东、西两线之间有3条横向支线连通，分别称"平羌江道"（起于嘉州止于雅州）、"阳山江道"（起于嘉州，止于汉源、甘洛海棠）和"沐源川道"（起于嘉州，经犍为县到新市镇转西昌），3条支线的起点均在乐山。因此，乐山成为南方丝绸之路多条路线的交通枢纽。

第一章 岷江道

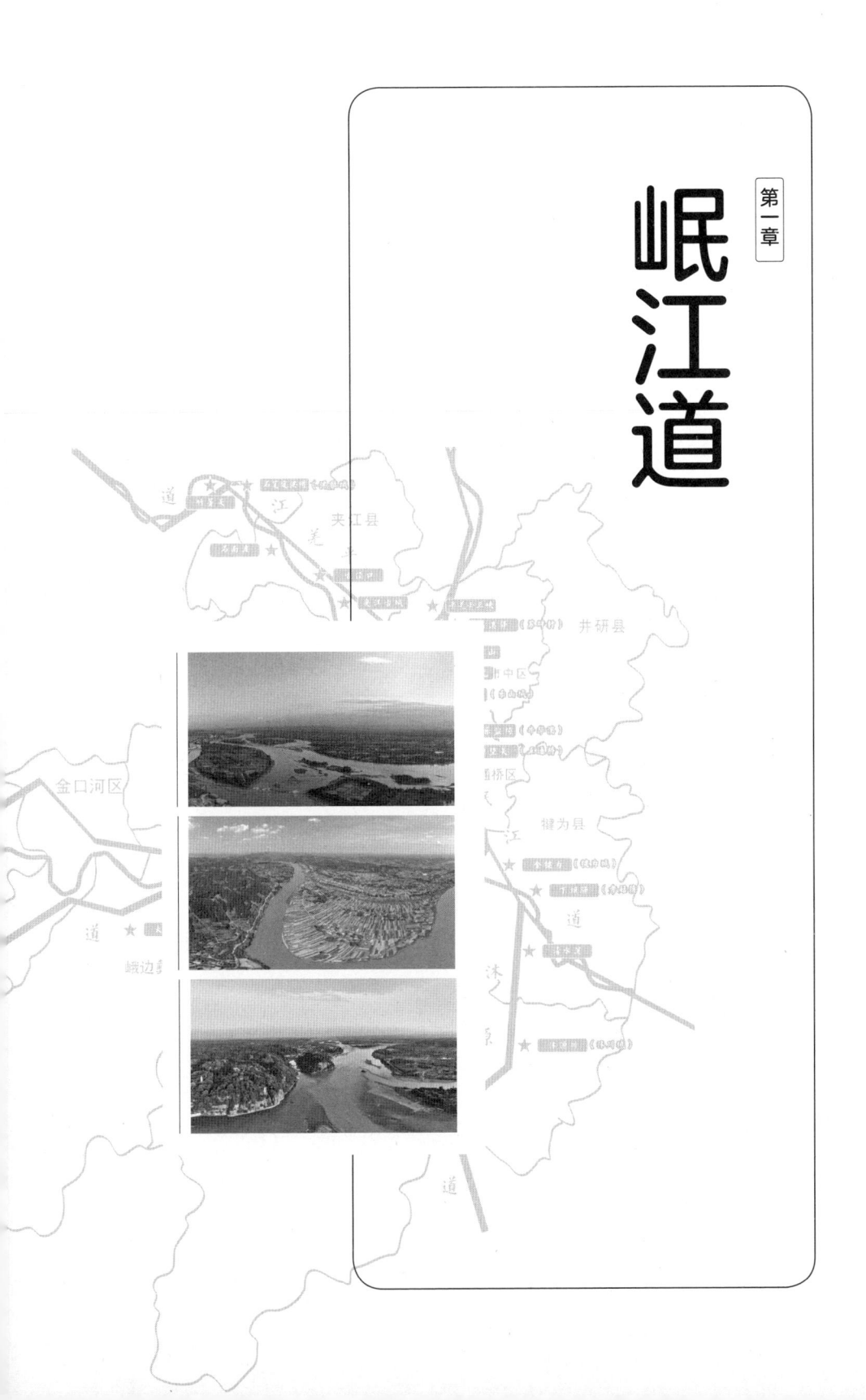

樂山縣境圖

悦来泥头湾渡

南方丝绸之路在古代乐山的最重要的一条路线，是沿岷江水陆并行的古驿道，路从成都出发，沿岷江而达宜宾，史家称为"岷江道"。在乐山境内，岷江道从市中区入境，从犍为县出境，路程二百余里，或称"川南大道""川边驿道""府河水路"等，历经沧桑，沿用至今。

一、平羌三峡

岷江道水路从悦来进入平羌三峡，曹学佺《蜀中名胜记》载："蜀江至此，始有峡之称。"早在3000年前，蜀杜宇王朝夸其疆域时就道："以熊耳、灵关为后户。"所谓"熊耳",就是平羌三峡。汉、晋、唐沿用此名,到宋代又称湖瀼峡,明代始称平羌三峡。李白、杜甫经此留下了华丽的诗章,使之成为岷江道上最富于诗情画意的路段。

峡口外东岸七孔山上,有十余座岩穴墓,那是南朝至隋唐时期僚人的墓葬,乡民称为"蛮洞子"。僚人是西晋末开始进入四川盆地的少数民族,原居牂牁地区,即今贵州一带,是古夜郎国的主要构成民族之一。到成汉李寿时,为与东晋政权争夺人口,"从牂牁引僚入蜀境",僚人于是大举北迁进入四川盆地。"蜀本无僚,至是始出巴西、渠川、广汉、阳安、资中、犍为,布在山谷,十余万落。"而岷江中下游是最集中的地方。对此,民国《乐山县志》记载说:"惟自李雄据蜀,传至李寿,当晋康帝时,纵僚北徙,布满山谷,与夏杂处。由是吾邑青衣以北,沫水以西,沦没荒裔二百余年。"站在大汉族主义的立场上,如此措辞自不奇怪。

峡口悦来场,正处金流河口之南,是水路上一处重要的关口,初名紫石关,以山色赤紫而名,后名犁头关,又名正阳关。40年前,场口还有"犁头关"碑以录其史。明代设有犁头湾巡检司,"主缉捕盗贼,盘诘奸伪",又是国家稽查税收关口。场上游有渡名"悦来渡",为悦来场横渡岷江到汉阳坝必经之渡。

平羌三峡曲折逶迤12公里,清人方象瑛乘筏过峡,叹道:"过小三峡,水汹急,筏皆摇荡。"大约是遇上涨水天了。

顺流而下,首先进入犁头峡。清人吴燾有记:"山势嶙峋,江流深阔。"峡内"鱼窝头"是名闻遐迩的江团鱼产地。江团鱼是一种稀有的名贵河鱼,鱼为无鳞深水鱼,终年栖身在十多米深的水深流缓的岩腔石隙

悦来场的小三峡口，远处为青神县境内的七孔山南北朝僚人岩穴墓。1992年6月4日

小三峡口悦来通往青神县汉阳坝的"悦来渡渡口" 1992年6月4日

小三峡东岸的清代石拱桥与新桥 1995年10月14日

中，以鱼虫、石浆为主食。民国《乐山县志》载："一名水底羊，无鳞而肥美，然易败。"难于捕捞，更难于喂养，故十分难得，市场上量稀价昂，极难买到。江团鱼体浑圆肥硕，肉质细嫩无细刺。以江团做成的"清蒸江团"，其汤浮白，皮嫩肉滑，清香鲜美，回味悠长。据说是一道可上国宴的名菜。

峡右岸天公山临江壁立，名"上观音"岩，岩上观音菩萨，自是往来行旅的保护神。龛有联道："芙蓉关江，嘉阳风水。"高度概括了小三峡风光。

①小三峡犁头峡上观音岩　1995年10月14日
②小三峡犁头峡清代上观音龛像　1995年9月15日
③小三峡犁头峡上观音龛对联　1995年9月15日

下为背峨峡，清代两江总督陶澍记道："两岸石峰峻起，古藤蔓延，望之森然。"右岸有"下观音"岩和大佛爷山。大佛爷山在宋代名"涌佛山"，山顶上唐代凿造的"平羌大佛"仅仅凿出了小半个龛和佛头，佛头上两个垂肩大耳和螺髻清晰可见。隔江岸边有一天然独石，形如鸡而无冠，名"鸡公石"，传说与平羌大佛未完工有关。

小三峡背峨峡明代下观音造像
1995年9月15日

小三峡背峨峡明代下观音岩　1995年9月15日

007

①小三峡背峨峡下观音岩全景　1995年10月14日
②小三峡背峨峡大佛爷山　1992年6月4日
③小三峡背峨峡唐代平羌大佛　2000年11月1日
④小三峡背峨峡鸡公石　1992年6月4日
⑤小三峡平羌峡石鸭子滩　1995年10月14日

①

⑤

小三峡平羌峡李白钓鱼台　1995年10月14日

小三峡平羌峡清代王爷庙遗址　1992年6月4日

小三峡平羌峡清代王爷庙石刻　1992年6月4日

再下为平羌峡，两岸山峦与河坝绿洲交错，水面平滑如镜，渔舟点点，银光粼粼，清幽迷离，恍入画境。右岸有"石鸭子"，有传为李白垂钓处的"钓鱼台"，清末名士赵熙为之作诗云："平羌风草媚于兰，绿净无人守钓竿。"峡中左岸还有王爷庙，只剩遗址。其下又有"牛背石""母猪石"等奇石，各寓藏了不少神话与传说。

小三峡平羌峡牛背石　1995年10月14日

小三峡平羌峡母猪石远望　1992年6月4日

小三峡旅游开发试游活动　1995年10月14日

小三峡平羌峡风光　1995年10月14日

峡口外便是板桥溪镇，著名的"熊耳峡古道"就是从青神新路口穿越三峡东岸山岭后到这里结束的。唐李吉甫《元和郡县志》引《图经》云："诸葛武侯凿山开道，即熊耳峡东古道也。"宋王象之《舆地纪胜》亦载："熊耳峡，诸葛武侯凿山开道。"均指为蜀汉时所开。嘉庆《乐山县志》则说:"唐蒙通夜郎所凿,道广四、五尺,深或百尺,斩凿之迹尚存。"误以为是汉武帝时唐蒙开通的五尺道,时间自然也提早到西汉,倒也叫乐山人欢喜。不过,唐以前已开通是没有疑问的。其后直到民国前期,都是乐山到成都的陆路干道。

由于此陆路比水路行程近一半,此道便为连通青神坝子和乐山平原的最便捷的驿道。唐宋以来,文人行商走此路者多有记载,有关人文景观,比比皆是。到清代,驿道上尚有新路铺、关子门铺、板桥铺等铺递,直到晚清。

现在,这条长约十公里的驿道仍存,并为当地乡民所使用。驿道上现存明代石拱桥"鲤鱼桥"1座,清代石拱桥3座,驿道中红砂石石板路面时或可见,称得上岷江道上保存最长、最完整的一条古驿道。古道最险峻处

关子门古道残留部分清代石板　1992年4月1日

关子门，现路面已改成水泥路面。 1992年4月1日

为青神、乐山交界处的关子门，为开凿垭口形成的一处关隘。在关口两侧崖壁上尚保留有明清摩崖造像3龛和"凉风洞"等摩崖题刻，成为关子门古道的一大标志。

关子门清代碑刻"凉风洞"下款为"刘玉堂",现已风化殆尽。 1992年4月1日

关子门清代石刻 1992年4月1日

关子门清代佛教造像龛 1992年4月1日

关子门古道上的方村小学教室,有一班学生正在上课。 1992年4月1日

二、清溪驿

岷江道水陆两路在板桥铺交汇,铺依山临江,吊脚楼、石板街倒也不失古镇风情。小镇以出产烧柴出名,当年水陆两路必经,来往轿子、滑竿、舟船常常挤在街头渡口,热闹了好一阵子。现仍有平梁桥残墩遗留于溪口,三孔石拱桥一座横跨于溪上,与镇上零星的石板路面一起幽幽讲述过往岁月。由于地处要津,民国《乐山县志》认为此处便是著名的唐清溪驿,并为大多数人所接受。

关子门古道上的板桥溪渡口　1998年1月6日

关子门古道上的板桥溪古村落
1992年4月1日

关子门古道上的板桥溪古村落
1995年10月14日

关子门古道上的板桥溪渡口
1995年10月14日

关子门山中被盗窃破坏的唐代佛像　1998年1月5日

关子门古道上的清代板桥溪石拱桥　1998年1月6日

　　唐代清溪驿在何处，已有五六种说法。其实，唐清溪驿应在板桥溪南五里苏坪。清溪驿后又名开峡驿，宋乐史《太平寰宇记》载："平羌县，宝历二年（826）又移于开峡驿。"就是说在唐晚期，清溪驿又成为平羌县县治，直到宋初改设平羌镇止。元代设平羌水站，有站船6只。明代至清初设平羌水驿，站船减为4只。清中期以后设平羌铺，只作陆路驿站了。

关庙苏坪，唐清溪驿遗址。 1992年4月1日

关庙东汉砖墓，乡民称为"烟墩子"，以前有4座，现仅存1座。 1991年9月25日

苏坪西临岷江，地势平坦广阔，具备设县城的地理条件。坪东有汉代砖室墓及唐代窑址，可见此地在汉、唐已成通途。坪北有鸳鸯桥，坪南临江桥重建于民国三年（1914），今均用作公路桥。口碑相传，此地古代是一个县城。明以后，河道变迁，场镇逐渐南移而成

关庙唐代窑址窑包堆积　1991年9月25日

关庙老场，明代以前遗址。　1991年9月25日

关庙新场和老场之间位于唐儿沟上的清代临江桥　1991年9月25日

关庙新场和老场之间的清代临江桥上　1991年9月25日

了今日的关庙场。

  关庙场通往岷江西岸的关庙渡，汉晋时称鱼涪（凫）津。《南中志》载："鱼涪津广数百步。"即此渡口。公元36年，东汉大将吴汉攻伐成都，取道岷江北上，在此大破割据巴蜀的公孙述军魏党部。公元300年，赵廞据成都反叛，晋王朝遣陈总从泸州率兵取道岷江进讨，这位将军讨厌陆路行军艰苦，贪图舒适坐船取水路上行，至鱼凫津便稀里糊涂地落入了设伏以待的赵廞军的手中，落得个身首异地，为兵家所笑的下场。

  在近代，关庙也颇有一两次闪光的时候。一次是李蓝起义军曾路过关庙，乡民还记得场边某棵大黄葛树还是当年李短褡儿（李永和外号）祭刀的地方。一次是辛亥革命前，熊克武在四川组织反清武装起义，于1910年发动起义袭击了童家场、白马埂、土主场等地清团防局，各路义军汇集于关庙场后，就在关庙正式宣布起义。起义军计划袭击嘉定城，但因行动迟误而失败。清军组织军队进攻起义部队，同盟军先后牺牲二百余人，这是同盟会在四川领导的武装起义中牺牲人数最多的一次。

关庙渡西岸是顶高山，本名锦江山，为三峡地区最高的一座山。宋人何熙志有诗云："拓开天外无穷景，望尽坤维到处山。"道尽山之胜概。临江山湾名荔枝湾，自古产荔枝，因以名。附近江中之滩也名荔枝滩。所产荔枝世称"嘉州荔枝"，传说唐代杨贵妃喜食的荔枝，部分就来自荔枝湾。女诗人薛涛有《忆荔枝》诗道："传闻象郡隔南荒，绛实丰肌不可忘。近有青衣连楚水，素浆还得类琼浆。"尽赞美之意。咸通（860—

从关庙渡远望岷江对岸的锦江山　2001年5月

874）中曾任嘉州刺史的薛能作《荔枝》诗亦道："颗如松子色如樱，未识蹉跎欲半生。岁杪监州曾见树，时新入座久闻名。"

嘉州荔枝上品有"绿扶苞""并头欢"等，在明清已享盛名。同治《嘉定府志》载："又有一种开并蒂花，结并头果，一囊双核，名并头欢，乃蜀中绝品。""清代蜀中三才子"之一的李调元曾以诗赞美说："一生饱识岭南姝，不及嘉州色味殊。"明代，荔枝湾荔枝专贡蜀王。至清代仍为官树，俗称"官荔枝"。湖南名士陶澍《蜀游日记》载："有荔树大数抱，旁枝拱矗，皆数百年物。其叶有青绿碧白，每开花结果则东南西北四年而一周，亦一异也。"

现荔枝湾尚存两株四百余年的"官荔枝"树，仍能开花结果。《嘉定府志》爱乡及物，特写道："空江古岸，殆亦灵光岿然，为此邦硕果矣。"现在荔枝湾荔枝生产规模日大，已有荔枝树四百七十余株，1966年丰收，收荔枝一万四千多斤。

宋代，顶高山上建有太白亭。《舆地纪胜》载："太白亭，在平羌镇锦江禅寺，有重云阁、太白亭，与峨眉相值，即太白题诗处。"传为宋代黄庭坚为纪念李白路过清溪驿之事而建。到明代又有人在山崖上刻了一首说是李白写的诗："夜来月下卧醒，花影零乱，满人襟袖，如濯魄于冰壶也。"很像盛行了一段时间的朦胧诗，让人捉摸不透。

关庙南下经永通桥后为牟子铺，镇内有清代武圣宫、文昌宫、三和宫，算是牟子的名胜古迹。铺西马漕口为横渡岷江的古渡，渡口东岸原有两株千年银杏，大的一株枯木仍存，一棵黄葛树借尸还魂，在古道旁凄凉地诉说着昔日的荣耀。

牟子民国时所建新桥，已拆除。　1991年9月25日

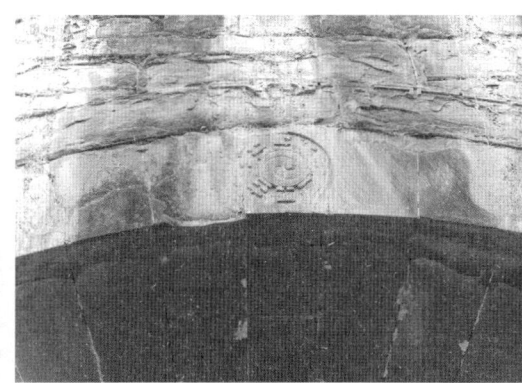

牟子民国时代新桥上的石刻"太极八卦"图，现已不存。 1991年9月25日

牟子戏台街清代武圣宫 1991年9月25日

牟子清代文昌宫　1991年9月25日

牟子清代三和宫，现已不存。　1995年3月26日

牟子清代文昌宫侧面，旁为通往通江镇的古道。
2001年5月

牟子大白果树，现只存完全枯死的树桩。
1991年9月25日

通江渡口的古荔枝树，现已不存。
1991年9月16日

古渡又名通江渡，原名横梁渡。其得名据说是因江中有石横陈如梁，水落可见，故名。今日横梁渡渡口已少有渡客了，只有一株百年荔枝树孤单地立在宽阔的江岸上，凭吊着垂死的古渡。过渡后即为横梁铺，后名通江铺，并沿用至今。民国时，场上建有中山堂，颇为稀罕。古道南下经王浩儿后，乐山城就在眼前了。

由于关庙一带设置平羌县为时颇久，故三峡以下的岷江又称平羌江。舟行江上过三峡，其景其情，令人陶醉。当年张问陶路过，诗兴大发，吟诗道："平羌江水绿迢遥，梦冷峨眉雪未消。最爱汉嘉山万叠，一山奇处一停桡。"

乐山通江镇民国所建中山堂，现已不存。
1991年9月16日

王浩儿渡口，远处为岷江二桥。（原名乐山大桥）　1991年9月16日

同代诗人王培荀跟随吟咏："平羌江水碧琉璃，下水船轻上水迟。谁道行迟侬更喜，白云堆里望峨眉。"而"古今目为绝唱"的则是李白《峨眉山月歌》："峨眉山月半轮秋，影入平羌江水流。夜发清溪向三峡，思君不见下渝州。"平羌三峡因之称为"太白胜境"，享誉于世，不知倾倒了多少墨客骚人。

三、嘉定驿

这是一座以石头为胜迹的城市：秦之离堆、汉之崖墓、唐之大佛、明之城墙，无一不是石头。

这又是一座美名繁多的城市：古有江城、山城、凤城、海棠香国之称；今有龙城、大佛城、佛都之誉。

嘉州城的历史可以追溯到春秋时期，郦道元《水经注》记载说："南安县治青衣、江会，襟带二水焉，即蜀王开明故治也。"距今已有二千五百多年，是蜀开明氏沿岷江道发展所建的行都。秦统一巴蜀后设南安县，经蜀汉、两晋、南朝宋齐，到西魏一统，设有平羌郡、平羌县。北周时始置嘉州，后或设龙游，或改嘉定，或设乐山，成为千年名郡。

北周所筑城位于三江口，历经隋唐宋元明清六代，古城屹立二千余年未移，号为南丝路上的交通要津。顾祖禹《读史方舆纪要》云："北去成都不过五驿。宋牟才子言：嘉定为镇西之根本。以其州据黎、雅上游也。然津途便利，密迩叙、泸，讵非成都之噤吭乎。"

明嘉定州知州钟振评曰："当六达水陆要冲，舟车旁午无宁日。"民国《乐山县志》进一步发挥："县城一面倚山三面临水，上通成都，下达渝、夔，雅河通雅安、天全，铜河通峨边、金川，为水陆要冲。商埠之盛，甲于川南。"

由之，古城为兵家必争之地：东晋桓温伐蜀，扎营青衣水口，便是此地；唐晚期南诏军入侵，唐政府军据城与之对抗；北宋王小波、李顺义军大将张余曾占据古城，力战前来镇压的宋吕翰军，终在古城被俘牺牲。

宋元之际，宋军坚守嘉州城达四十年之久，一度北伐收复成都，使之成为川西战区的中流砥柱，并涌现出了抗元名将昝万寿；元末，明玉珍红巾军与元军大战嘉定城，使乐山成了红巾军与四川元军决战的战场。

明末清初，张献忠大西军几进几出古城，并设立平定府，作为大顺政权在乐山的地方政府。其后刘文秀部与明杨展军血战经年，大败袁韬、武大定于嘉定城，并留白文选等战将据古城与清军周旋，前前后后十余年战火不绝。

1861年，李永和义军横扫川西地区，义军一部进攻乐山清军，围攻古城达108日。拱辰门枪战尤其激烈，义军攻城未下，但在牛华溪大败了清马步援军。

唐代设驿，到北宋时名嘉定驿，其时四川西部、北部货物出川，从剑门关以南，均走陆路到乐山城后才换船走水路运到荆南。每年入贡布帛66万匹至100万匹。宋以来的川茶易马贸易以乐山为茶船汇集点，从川东巫山、建始运往黎州、雅州以至藏区的"边茶"沿长江、岷江逆流而上，在乐山城下中转停泊，然后再溯青衣江而上分销各地。每当运茶季节，嘉州城下泊舟常在100艘以上。

元代于城南设嘉定南门水站，站船多达9只，于城北设嘉定凌云陆站；明继之分别设凌云水驿、凌云陆站及嘉定递运所；清初设凌云水驿，有站船3只，水手6名，桡夫18名，设凌云陆站，有站马4匹，马夫2名，扛夫6名。清中期后仍设驿铺，作为水陆站口。

清代民国时犍为之煤、五通桥和牛华溪之盐、夹江之纸等为大宗出口商品，仅盐、煤每年就有三四十吨直销省内外，同时进口洋广杂货也有四十余吨。所有货物仍依赖木船运输。清代岷江水量减少，成都南下多乘筏和小船到乐山城换乘大船。到清光绪时，轮船才开始在岷江河道上出现，最早来者却是"洋船"——英舰"乌德拉"号。民国四年（1915）后，才有中国人的小轮在每年5至8月丰水季节行驶，运送着有钱的客商们。

乐山成为水陆交通转运枢纽之后，同时在唐代开始造船，在宋代已成为四川造船中心，年造官船45艘。到明代，蜀王仍在城北关爷庙一带设船厂，该地因之也名为"王船厂"。

洪水中的江城——乐山城　1995年8月12日

古城位于三江之汇，每当夏秋水涨，江水溢城，远望古城如卧江上，故有"江城"之说。杜甫有《寄岑嘉州》诗道："愿逢颜色关塞远，何

迎春门乐山港　1991年2月

意出守江城居。"已开始吟叹。到明清更有"江城四合处，勾出一丹丘""壁津渔火动江城，城下滩声彻夜鸣""水驿江城日日过，云峰高处见三峨"等诗句，围绕"江城"卖弄着笔墨。

古城西北依山而筑，故又称"山城"。宋人冯时行有诗道："山城鸟雀喜，佳句来春风。"陆游则道："江路常逢雨，山城早待寒。"由于所据之山以高标山为中心向两侧展开，形如凤凰展翅，故称"嘉城如凤"。

古城又称"海棠香国"，是因唐代起古城内就多植海棠，到宋代盛极一方，且所植海棠有一特点，即有色更有香。王十朋作《点绛唇·嘉香海棠》词云："丝蕊垂垂，嫣然一笑新妆就。锦亭前后，燕子来时候。谁恨无香，试把花枝嗅。风微透，细熏锦袖，不止嘉州有。"明人张所望说："蜀嘉定州海棠有香，独异他处。"曹学佺引《花谱》说；"海棠有色无香，唯蜀之嘉州者有香。"到明代城内有山名海棠山，山多海棠，是喝酒逍遥的地方。直到清代，府衙门鼓楼上两横匾乃前书"汉嘉古治"，后书

大水中的铁牛门至肖公嘴门城墙　1991年9月16日

铁牛门渡口，可到大渡河南岸车子等地。 1991年2月

"海棠香国"，已是标榜有日了。

明代内城南墙以木为基，直插大渡河底。春夏水涨，浪石相激，蔚为大观。为便利水运，古城沿江有城门7座，即来薰门（小西门）、望洋门（水西门）、育贤门、丽正门（铁牛门）、会江门、涵春门（迎春门）、福泉门，占全城10座城门之大半。清代外城沿江城门更多达15座，即兴发街门、承宣桥门、平江门、人和门、大码头门、二码头门、三码头门、水星门、福泉门、太平门、涵春门、天禄门、紫气门、凌云门、安澜门。城门外即为水码头，舟来船往，乐山俨然一座商贸城市。

①明代育贤门，城墙上民居尚存。 1992年2月
②恢复城堞后的明代育贤门 2002年
③明代望洋门，俗称水西门，城门外正在施工。 1992年2月
④明代拱辰门，城门紧连的民居尚存。 1991年11月20日
⑤明代拱辰门，在旧城改造中门外民居已拆除。 1993年

⑤

① ② ③

⑤ ⑥

①清代平江门和门外民居　1991年11月20日
②清代平江门城墙，城门内外均有民居。
　　1994年11月12日
③清代人和门，从城内所见。　1991年11月20日
④清代人和门，门上尚有民居。　1992年7月
⑤清代兴发街门，门上尚有民居。　1992年3月
⑥清代承宣桥门，门内外有巧雅旅馆营业。
　　1991年11月20日

037

古城最高点在老霄顶，号称"州之主山"，山原名高标山，后又名高望山、万景山。《舆地纪胜》道："府之主山，岿然高耸，万景在前，烟朝月夕，其景尽收。"山顶有建于北周的万寿观，初名弘明观。隋代于殿中塑飞天神王像。唐代名开元观，仍供飞天神王像。《道教灵验记》赞其形势说："下眺城邑，俯视江山，二水萦洄，众峰环抱，颇有郡中之胜。"唐晚期南诏军取道沐源川进兵犍为，据说就遇上了此观所供奉的飞天神王显灵大败而逃。宋代名神霄玉清宫，至明代易名万寿观。现在，山上尚存万寿观等明清建筑3座。

老霄顶上的明代万寿观大殿　1991年2月　　老霄顶上的清代灵官楼（灵官殿）　1991年2月

万寿观大殿为明代所建，重檐楼阁，碧瓦丹柱，已是乐山古城内外年代最早的建筑。大殿前为万景楼，为清代重建。重楼巍然，西当凌云、乌尤、三江之汇，气象万千。范成大登临后说："汉嘉登临山水之胜，既豪西州，而万景楼所见又甲于一郡。右列三峨，左横九顶，残山剩水，间见错出，万景之名，真不滥吹。"并作诗赞道："若为唤得涪翁起，题作西南第一楼。"陆游在嘉州时，也登临游览，有《重九会饮万景楼》等诗。清代，唐张友有诗道："蓬莱楼阁正新秋，人在西南第一楼。"仍宣扬着

"西南第一楼"。

万寿观右上山石门上还有一座建于清嘉庆年间的灵官楼，供奉的是铁灵官像。乐山风俗，日久不雨，即抬出铁灵官上街求雨，据说三两日即可求得。

山下嘉州文庙，颇具规模，坐西朝东，建筑面积3200平方米。建筑依山形逐渐升高，充分显示了殿阁重重、气势恢宏的特色。文庙始建于唐朝武德年间（618—626），最初的地点是在乐山城南与大佛相对的育贤坝上。经宋、元、明三次搬迁，直到天顺八年（1464），才定于老霄顶下玄坛洞。传说开工后挖掘地基，挖出了一块石碑，碑上有字是："玄坛守此地，留与圣贤居。"意思是玄坛洞这个地方，是留给孔夫子居住的。士人们自然夸夸其谈，吹捧为"三迁而得胜地"，认认真真地载入了史册。

现存文庙为康熙时张能鳞所重建，尚存泮池、棂星门、圣域、更衣房、执事房、名宦祠、乡贤祠、东西庑殿、尊经阁、崇文阁、大成殿、崇圣祠等13座建筑。形成了宏大巍峨的古建筑群。其中大成殿用材硕大、柱材优良，为四川所罕见。歇山式屋顶，鳌角飞翘，庄严古雅。内外28根柱子，直径均在90厘米以上，最大的金柱直径达100厘米，材料均是珍贵的金丝楠木。驼峰、斗拱装饰华丽，柱础用雅石做成，透雕精细的云龙纹等，多彩多姿。庙前泮池今称月儿塘，昔年"满池皆莲花时，香闻城中"。

抗日战争时，武汉大学内迁乐山，校总部及文、法学院就设在文庙。一时名流往来，或如朱光潜著书立说，或如叶圣陶登台讲学，或有冯玉祥号召抗日，或有白崇禧宣扬民国。办学八年，培养学生以千数，为乐山社会经济的发展做出了极大的贡献。

文庙前有叮咚（丁东）井，是一眼以崖墓改造而成的水井。宋代崖墓已暴露，有泉自崖洞中流出，声如环佩叮咚，美妙动听，故称丁东水。前有寺院也名丁东院，黄庭坚来游，作诗道："古人题作丁东水，自古丁东直到今。我为更名方响洞，信知山水有清音。"把此洞改名为方响洞。由于水质极佳，常引得茶客光顾。范成大、陆游来游，汲泉泡茶，留有题咏，更使丁东水名噪一时。宋代乐山有名酒"万景酒"，因万景山得名，或许所用之水即为此丁东泉水。明代正德（1506—1521）年间，洞改建为方形水井，称丁东井，现井内还有石刻题记可证。清代另加高井圈，设护栏，宛然一景。所在之街道也因之名叮咚街，保留至今。

1990年扩建叮咚街，叮咚（丁东）井立刻成了障碍，有关部门决定搬迁，哪知这一与崖墓不可分离的水井根本不能搬迁的。结果只好覆盖，另在旁边凿了一口新井，新盖一间仿古建筑的亭子，打上叮咚井的标志，以假充真了事。

古城墙东北角上建有龙神祠，又名九龙祠，是纪念隋代眉山郡（嘉州）太守赵昱的祀祠。赵昱是一个半人半神的人物，在嘉州治水，有护城之功。道书说，赵昱治水时，赴岷江中斩蛟，有天人之异。后得唐太宗封赐为神勇大将军，到灌县（今都江堰市）领受老百姓的香火。在乐山，有祠长存，百姓敬仰，可谓人心所向。现祠为清代乾隆（1736—1795）时建筑，重楼两层高达十余米，面对滔滔岷江，气势骄人。

古城东当年还有枕江楼，留有苏东坡的墨宝，可惜今已不存。古城东南角则有璧津楼，始建于宋代，有魏了翁为之作记。现存者已不是宋代之楼而是清代之阁。楼平面转角圆寰，小巧玲珑，倒也别具一格。

清代龙神祠，时为中百商场职工宿舍。　1991年5月

两座古建筑与万寿观、万景楼、文庙等，洋洋洒洒，与古城墙串在一起，被古建筑学家罗哲文喻为"金线串银珠"，成为乐山这座历史文化名城的骨架。

千年古城千年风俗，古城节俗最著名者当数炎帝会了。帅镇华《乐山历史》载："嘉城社会风俗，以炎帝会为最盛，神有木像，刻自明正统（1436—1449）年间，距今已四百年矣。群祀甚谨，其祀于五月，山名金花，尤神异。"邓少琴先生云："曩于儿时曾在乐山读书，五月十二日炎帝出驾大会，以手执金瓜钺斧神像导前，旗锣轿蜂拥前进，有戏装平台多座随之，全城欢腾，万人空巷，只知为炎帝出驾也。"

食之风味留传至今者有二。一是嘉州白宰鸡，又称白切鸡，其历史上溯可达清代，成名则是在清末民初。当时最有名者是杨双喜父子，所做白宰鸡人称"杨鸡肉"。后有周明贵更上一层楼，人称"周鸡肉"，店名"明和轩"。白宰鸡至此形成麻辣微甜、鲜嫩香脆、色泽红亮的特点。游子郭沫若回忆家乡风物都忍不住要说："嘉定的白切鸡之嫩，汁水之味美，实在是一种奇妙的艺术品。"

其二则是乐山素豆花，也不知起于哪朝哪代，不过到民国初期已有诸如"永善公"这样的名店了。所谓素豆花其实就是豆腐，不过做得极嫩。其特殊之处在于其吃法与众不同，即调料并不烹入豆腐之中而是另盛做一碟作蘸水，以豆腐另盛一碗，吃时取豆腐蘸调料入口。豆腐要细嫩色白不说，最主要的是调料要十分考究：辣椒、花椒、红油、蒜泥、葱花、芫荽、酱油、甜豆瓣等不消说，花生、芝麻等等自然多多益善。其滋味，其吃法，实在是妙不可言。

四、岷江东山

岷江道陆路从古城南下分东西两线，东线是从古城北门外半边街渡过江，此渡旧名东津渡，又名保平渡，渡口下九龙滩，传说是隋眉山郡（嘉州）太守赵昱斩蛟的地方。晚唐南诏军队经沐源川道攻取犍为打到嘉州占据凌云山后，就从此渡夜渡，偷袭古城告捷。清乾隆（1736—1795）年间开通凌云渡以前，从城内去东岩、凌云山均走此渡。

位于东津渡（半边街渡）上的岷江大桥
1992年3月下旬

东津渡（半边街渡）旁的清代拱桥湾石拱桥
1991年6月10日

东津渡（半边街渡）旁的清代龙泓寺
1991年11月下旬

过渡后，群山连绵，统称东山。首经一山是龙泓山，又名龙岩、灵岩。民国《乐山县志》载："山最幽邃，号小桃源。山间一泉天旱不涸，故名龙泓。"传说风流天子唐明皇奔命蜀中时，在山崖上刻有石龙九条，所以又名九龙山。有唐一代，佛教摩崖造像众多，《岩字石刻谱》载："崖壁有龛，凿诸佛菩萨像，均极精工。"

到宋代，龙泓山已成为嘉州一大名胜。化龙池、金蟹池、烂柯洞等景点四布。新建有龙泓寺，为一方名刹。三苏父子游后，苏洵有《游嘉州龙岩》诗，苏东坡也有诗题烂柯洞道："但得身闲便是仙，眼前黑白漫纷然。请君试向岩中坐，一日真如五百年。"宋、元游人题刻布于山崖，名士邵博也侧身其间。但以苏东坡"鱼化龙""金蟹池""烂柯岩洞"题刻最为著名。若干年后，苏东坡还有诗追忆说："虚名无用今白首，梦中却到龙泓口。"

延至明代，洞有烂柯、双鹤，池有化龙、杜康、流杯、金蟹。新建寓公楼以纪念扬雄、郭璞、李白、苏东坡、黄庭坚等人，又有三高亭以"睹三峨之高"，龙泓寺重修于龙泓山腰，漱音亭新筑于金蟹池旁。可谓文物荟萃，胜景如云。其时苏东坡遗迹最为抢眼，相关的东坡书院、景苏楼、洗墨池更是热点。安磐、徐文华、程启充曾结伴游览，为之增辉。

到清晚期，龙泓山景物多已消失无闻。更可惜的是1972年建岷江大桥时开山取石，唐代摩崖佛像毁灭殆尽。只剩清代的龙泓一寺，茕茕孑立，散射着昔日唐宋胜景的一缕余晖。

龙泓寺为前后两殿，前殿殿门作重楼式，轻盈飘举。殿中左右另设两个小天井，形式颇为新巧。后殿则脊饰华丽，正中宝顶巍峨，三连宝珠，直冲云天。寺左右厢房作假楼廊子，别出心裁。民国时建有东山小学，冯玉祥视察，有打油诗一首传世。到现在，寺庙仍作为任家坝小学校舍。古庙传学风，或许是东坡文气所染吧。

保平渡南，柿子湾、八仙洞崖墓众多。柿子湾有崖墓一百余座，不少是画像崖墓，浮雕有各种各样的画像石刻。最早对该墓群进行调查的是一位医师，名杨枝高。此先生对崖墓可说是情有独钟，其足迹遍及四川各地，在乐山则因其工作之便更是大小崖墓能看则看，能进则进，柿子湾就是其中之一。此君在1937年调查后，著有专文，名《四川崖墓考略》，打了四川的大招牌，实际上所载的内容基本上都是柿子湾崖墓群，并且主要就是1号墓而已。该墓现在还在，仍然是乐山崖墓群中与麻浩1号崖墓并列的最著名的两大崖墓之一。

柿子湾1号崖墓全长为34米，宽16米，墓门高7米。该墓早年被盗掘一空，所剩的主要是浮雕满壁的画像石

乐山东汉柿子湾崖墓1号墓前室
1997年2月10日

意大利学者考察东汉柿子湾崖墓
1993年7月15日

乐山宋代八仙洞崖墓合葬崖棺
1997年2月10日

045

刻，数量多达32幅，在四川崖墓中已是数一数二的了。画像分布从墓门到墓内，除了在大多数崖墓中都可见到的祥瑞、骑行等内容外，最有特点的是几幅的忠孝故事图，像"老莱子娱亲""董永事父""荆轲刺秦王""孝孙元觉""伯榆悲亲"等题材，或是四川崖墓中所少见，或是四川崖墓中所独有，价值之高可想而知。由镇墓神、门卒、力士、坐佛组成的打鬼辟邪图布置于后室门口，是为墓主升天而造，但这种以多幅图像组合来表现这种目的的画像石刻在四川崖墓中仅此一例。内中的坐佛更有其重要意义，其形象与古印度犍陀罗佛像如出一辙，高肉髻，手作"施无畏

①乐山宋代八仙洞远望　1997年2月10日
②乐山宋代八仙洞　1992年1月14日

印"，身着厚重通肩天衣，结跏趺坐。故有学者认为此乃古印度佛教从南方丝绸之路传入四川，南丝路存在于中国西南大地的有力证明。

柿子湾南连三龟山，山分上龟、中龟、下龟三山。三龟山在宋代已经出名，上龟山在当时建有八仙洞，为改造汉代崖墓而成。明人毛凤韶《游偎山浮阁记》载："嘉州旧国，江山雄奇，江之东，上龟山若起而伏，昔人有慕老氏者，凿岩以居，名八仙洞。"即指此洞。

下龟山上的宋代三龟城遗址　1997年2月10日

下龟山在宋末曾筑山城，并延伸至东岩山上，史称三龟城，作为古城东面屏障，扼制岷江水道，为嘉定城在宋蒙（元）战争中坚守40年立下了汗马功劳。宋蒙（元）战争结束后，

东岩上的宋代三龟城遗址——炮台山
1997年2月10日

三龟城已被人遗忘，只是在《读史方舆纪要》中留有一笔。现城墙留有六百余米长，围绕下龟山及其南的东岩山壁修筑。基本上就天然险岩堡坎

东岩上供奉李冰的清代王爷庙，现已不存。　1991年5月

乐山民国《凌云义渡》碑，上有"永不取钱"4字。
1992年2月

而成，所用均为红砂石块。尤其是下龟山中部的炮台和东端城墙最为坚固，炮台高约8米，有石磴道上下。东端城墙呈半月形，高约5米，尚有一米多高城垛可见。

在下龟山崖壁上还保存有明代李时华所书的"凌云第一重"5个大字，准确无误地说明，古代从古城去凌云山的道路是从东津渡（半边街渡）过江，登下龟山、东岩后下篦子街再上凌云山的。到清乾隆（1736—1795）年间在篦子街开通凌云渡之后，从古城登凌云山便不再经东津渡而走凌云渡了。民国时"道德军人"陈洪范大设义渡，列凌云渡为首渡，在义渡旁边山崖上摩崖大书"凌云义渡"，标明"永不取钱"，用心倒也良苦。

乐山民国《凌云义渡》碑，上有"永不取钱"4字，现已埋在地下。　1992年2月

东岩临江壁立，宽广如张巨屏，又名挂榜山。著名的九龙滩就在山下，临江有台名威烈台，据说是赵昱治水斩蛟的遗址。但在乾隆（1736—1795）时维修古城南墙时，于此处取石而遭破坏。1937年至1940年，修筑从篦子街至王浩儿一段公路时，该遗址就完全毁掉了。

东岩在唐代名圣岗山，宋代又称至乐山、金灯山。《舆地纪胜》载："清闲处士王朴居之。山谷有颂，何熙志架屋其上，号东山。"又说："山之址有渊，春冬不涸。每岁人日，郡守于此修油卜故事。谓以油洒水面，观其纹验一岁之丰歉。"此渊泉水可酿酒，在宋代称东岩酒，苏东坡诗"浮云轩冕何足论，一时付与东岩酒"之东岩酒即指此酒，与产于乐山城内的"万景"酒，同为宋代乐山名酒之一。明以后，至乐山、金灯山之名不知何故搬到了大渡河南的车子去了，成了研究清代乐山县得名的一个公案。

049

五、凌云乌尤

东岩之南，凌云、乌尤、马鞍山并列大江东岸，古代统称青衣山。三江汇冲，水恶滩险，为岷江水路大患。三座山中最有名者自然是凌云山，由于其重要的地理位置，战火一起，便不能独善其身。在唐晚期曾成为南诏军进攻嘉州城的驻军之所；在宋蒙（元）之战中，更成了宋军嘉定防御的东面要塞，建"九顶城"坚持抗蒙（元）近四十年之久；元明之际，又成了元军与明玉珍红巾军交锋的"大佛寨"，血战半年，四川元军主力尽丧于此。

凌云山之名始于唐代，宋代又因山有九峰又名九顶山。《舆地纪胜》录九峰名为：凤集、栖鸾、灵宝、就日、丹霞、祝融、拥翠、望云、兑悦。南宋，家乡人何熙志撰联云："一山九岭灯常现，六月三峨雪未消。"明代，文人因其景物神奇如潇湘九嶷山，又称之为"小九嶷"。安磐就有诗道"青衣不是苍梧野，却有峨眉望九嶷"，吟咏有加。

凌云山为红砂岩山体，海拔442米，相对高度87米，经河流切割，生物造化，形成了丹崖翠壁的奇丽景色。三江汇流于下，三峨浮影于西，山水云天一色，宛若画卷。韦皋赞其形胜道"淙流激湍，峭壁万仞"；苏东坡则说"但愿身为汉嘉守，载酒时作凌云游"；范成大推崇备至，说"登临之胜，自西州以来始见此耳"；邵博在《清音亭记》说"天下山水之观在蜀，蜀之胜曰嘉州，州之胜曰凌云寺"，更成为千古不移的定评。到明代袁子让又说："凌云之胜，如入金谷，诸华争丽，芙蓉九削，锦练三文，于天下为稀有。"而郭沫若在回忆少年时游凌云山的体会时说："向青衣北岸的凌云山和乌尤山去游览,远望磅礴连绵的峨眉山,近接波涛汹涌的大渡河,在那澄清的空气中令人有追步苏东坡之感。"

登凌云山自古以来均是从山北端上山,路沿山崖而上,灵宝、集凤峰崖壁有明清摩崖题刻多幅,如"一笔龙""虎"等,取意岑参诗"回风吹虎穴,片雨当龙湫"句。有"苏东坡载酒时游处",为明嘉定州知州郭卫宸所题。其余"回头是岸""西南佳丽""雨花台"等,或写景,或说佛,各具情趣。又有摩崖造像多龛,已风化难识,仅有一净土变龛剩两飞天保存尚可。临江凸出一台,名紫云台,今人在上建有载酒亭,当然是纪念苏东坡的了。崖上开龛建有兜率宫,内石刻雕塑大肚罗汉坐像一尊,其年代当在明以前。

灵宝峰顶有塔名灵宝塔,始建于唐,北宋重修。近年维修此塔,发现砖铭有北宋"天圣十年(1032)"等内容,可为宋塔的确证。塔高30米,高出众峰,如罗哲文所言,更有作为三江航标的功用。塔下原有祖师堂,是凌云寺历代僧人中名气仅次于海通的元代千峰和尚的供奉之处。堂中千峰肉身自元末起一直传到了建国初期,也是凌云山一绝,今日自然不得见了。不过此地现已建了个沫若堂,纪念另一个出自乐山的名人郭沫若。

集凤峰南殿宇森然,是为凌云寺。寺始建于唐开元(713—741)年间,王渔洋称:"巨

凌云山上始建于唐代的灵宝塔
1992年2月

丽为西南第一。"元初毁于战火，至正（1341—1368）年间千峰和尚重建，明末又毁于战火。现存大殿建筑为康熙六年（1667）重修，其余殿堂为其后陆续修建。整个寺庙包括天王殿、大雄殿、藏经楼三重。大雄殿内彩塑三身佛，与文殊、普贤、大势至、地藏四菩萨等均为清代脱纱泥塑，具有较高的价值。

凌云寺位处集凤、拥翠、栖鸾三峰之间，风光独胜。有关的最早一首诗就是岑参的《登嘉州凌云寺》，身为边塞诗人的岑太守到凌云佛地便是"愿割区中缘，永从尘外游"，已是"不入于老，则入于佛"了。杨升庵曾撰联道："春水夏云秋月冬松，宝地占四时之景；西瞿东胜北卢南赡，金天统万法之宗。"上联写得好，下联随你想。

寺南栖鸾峰顶前有"清音亭"，已是现代的建筑。原清音亭为苏东坡书额，到南宋时，被正在位子上的某官换成"横山堂"，后被邵博夫子发

凌云山清音亭，后改建已非此形制风格。　1997年11月

现，做了纠正，并为此事特撰《清音亭记》一文，把那位当官的臭骂了一通。记中同时把嘉州山水和凌云山水好好地吹了一阵子，因之而成了乐山人所熟知的一篇美文。

亭后为东坡楼，本为魏忠贤生祠，后改祀东坡。楼为清代重建，内塑东坡坐像，清代其状尚为翩翩少年郎，今日重塑已成了个掀髯老翁。楼有何绍基所撰楹联云："江上此台高，问坡颍而还，千载读书人几个；蜀中游迹遍，信嘉峨特秀，扁舟载酒我重来。"嘉州人杰地灵，被此一联道尽。但郭沫若却从此联看出何绍基"看不起乐山人，以为除苏东坡、苏颍滨之外，没有一个读书人"。

清代重建的东坡楼，二楼另有"东坡读书楼"匾额。1991年11月20日

栖鸾峰下临江处，大佛巍峨，那就是号称"天下第一佛"的乐山大佛了。大佛本系"一佛二天王"龛像，主像为弥勒佛，即乐山大佛，两侧配龛为二护法天王。大佛由海通和尚发起开凿，时在唐开元初年（713），中经章仇兼琼的续建，到贞元十九年（803）才由韦皋主持完工，断断续续达90年之久，完全是个胡子工程。宋释志磐《佛祖统记》载："沙门海通于嘉州大江之滨凿石为弥勒佛像，高三百六十尺，覆以九层之阁。"可知本来为露顶开龛，前接木构楼阁的像龛。

前后三次主持开凿大佛的人，有关海通的史实最少。明人有载，不过

乐山大佛龛全景　1995年10月

说其是"黔（唐黔州，今重庆黔江、彭水）僧也"。或有说曾在新都宝光寺待过，后才到凌云山的。更有说灵宝塔就是海通肉身塔的，有待好事者去考证了。

海通和尚在凌云山临江凿造大佛，意在凭借佛力保佑舟运平安。乐山大佛处在三江汇流处，恰为岷江道上的要冲，历代船运至此，多有覆舟之患。海通"哀此习险，厥惟天难"，造大佛"夺天险以慈力，易暴浪为安流"。后代船工路过此处，无不在船上作揖以祈求保佑。大佛成为岷江道上一尊千古不移的保护神，给奔走在水道上的行旅以不少的安慰。

乐山大佛维修，半身搭了厢架。1994年3月

凌云山唐代千佛岩，现环境因受乐山大佛北门广场影响而不全。 1995年10月

　　凌云山是佛家道场，却也颇富物产。产过茶，《续刻茶经》有载："凌云茶色似虎丘，味逼武夷，泛绿含黄，而清馥芳烈，伯仲天目、六安。"把它捧上了天。又多荔枝，范成大、陆游文章中都有提及，延至清代，东坡楼下峰间小湾犹有荔枝湾之名。郭沫若"海棠香国荔枝湾，苏子当年寓此间"诗中的荔枝湾即指此地，并非远在平羌三峡之中的荔枝湾。至于金蟹、白蟹、大楠、异柏、凌云蕙诸多珍异，方志多有所载。

　　凌云山南有与大佛同为国宝的麻浩崖墓，三百多座崖墓沿山崖开凿，规模宏大，雕刻精美，又为一绝，被考古学家定为乐山文物之最。郭沫若尤为推崇，亲笔书"麻浩崖墓"4字相赠。

其中1号崖墓为四川崖墓的典型，是一座横前室并列三后室的大型墓。墓室高2.9米，宽11米，全长达29米，共有13室。墓门和前室刻仿汉代木结构建筑的斗拱、瓦当等浮雕，是研究中国汉代建筑艺术的重要实物资料。

墓内外画像石刻多达27幅，其中"荆轲刺秦王""挽马"等图生动活泼，具有很高的艺术价值，是中国汉画中具有代表性的摩崖画像石精品。又有一尊"坐佛"高高在上，头后有圆形顶光，高肉髻，身着通肩天衣，右手作"施无畏印"，宛若一尊古印度犍陀罗佛教造像的翻版。故不少史家认为这是中国最早的佛教造像之一，是印度早期佛教沿南方丝绸之路传

入中国的最有力的物证。旁边的2号墓有石门扉一扇，至今还可转动，已是乐山崖墓中硕果仅存的宝贝了。

凌云山一河相隔，即为乌尤山。司马公《史记》载战国时秦蜀守李冰"凿离堆，避沫水之害"，所说离堆即乌尤山。战国时，乌尤山正当大渡河正流，洪水来时暴水激崖，危害舟船，故李冰凿乱崖，扩宽麻浩河溢洪以减轻水患，通畅水上交通。南宋宁宗时，知府游仲鸿开大渡河新渠，以杀三江怒涛。嘉定（1208—1224）年间，提刑张方重开此渠，平大佛滩，减缓了三江水势。

凌云山后石堂溪上通往五通桥和犍为县的清代大石桥　1991年6月10日

乐山麻浩河口，桥为铁索桥（大渡河水运局医院用桥）。1991年7月11日

乐山麻浩河口，远处是大渡河水运局医院铁索桥和崖墓博物馆大门。1991年7月16日

麻浩河口的大渡河水运局医院铁索桥已在1993年改建为混凝土拱桥『濠上大桥』。1993年7月15日

不过，无论大渡河如何改道，乌尤山一直都在大江之中。岑参形容说："屹然迥绝，崖壁苍峭，周广七里，长波四匝。"张问陶则云："凌云西岸古嘉州，江水潺潺绕郭流。绿影一堆漂不去，推船三面看乌尤。"成为今人最熟悉的称赞乌尤风光的诗句。也靠此诗，乐山人才知道有个身为"清代蜀中三才子"之一的张问陶。现在，明代"嘉定四谏"之一的彭汝实所题"中流砥柱"四大字仍存临江峭壁之上，标表了乌尤山在三江交汇处的特殊地位。

乌尤山之妙还在其离堆、乌尤两名的释名上。离堆之名，世俗认为是因李冰凿开原本连在一起的凌云山与乌尤山，使乌尤山离凌云山独立江中而名。然而，在先秦，离堆又写作"犂魋""雷坻""雷堆"等。梁李膺《益州记》载"青衣神号雷堆庙"可为证。因此，有学者认为，离堆一词仍古蜀人语"雷堆"的音译，是蜀人对青衣江神的称呼。帅镇华《乐山历史》云："旧有青衣神庙，在今乌尤山上。""乌尤山因有此神庙而名离堆。"所以离堆一词并没有分离的含义，只反映了古蜀人在乐山的活动。后人加以神话，建神庙，或名雷堆庙，或名玉女房，故乌尤山有联道："江神上古雷堆庙，海穴通潮玉女房。"

至于乌尤，也有说者云：乌尤之名，或本为乌龙，龙字形近于尤，讹传日久，遂写为"尤"；或说是该山本名乌牛，以其形如一条乌牛卧江，后黄庭坚认为不雅，而改名乌尤。但持不同意见者发现，在黄庭坚之前28年的诗人文同诗歌中已称乌尤山为"乌尤"了。因此，其山名乌尤，当另有原因。遍能师为此考证说："乌尤"为梵语之音译，汉译为"面然"。方志载："嘉州乌尤山，释氏相传观音菩萨至此，见两河沙岸，鬼魅啾啾，乃化为鬼王。世云大士七十二化，至此自视其像，大鼻魋陋，遂不再化。"现乌尤寺内还保存有一尊面然铜像，深目高鼻，确是大鼻魋陋。寺供奉面然故名乌尤寺，乌尤之名便来于此。遍能此说，最合情理。

乌尤山上有乌尤古寺一座，始建于唐，岑参游后有诗道："兰若向西开，峨眉正相当。"宋代以来历遭破坏，清同治年（1862—1874）间重建寺宇，成就今日规模。寺依山取势，布局极其巧妙。大雄殿中供奉有释迦牟尼和左右胁侍菩萨文殊、普贤，三尊像均用香樟木精雕细镂而成，是特地从杭州水运到乌尤山的。殿门楹联为："遍飞曼陀罗花，唯我独尊，天上地下；此即宝庄严土，出门一望，山虚水深。"为乌尤山中楹联之冠。后殿称如来殿，为同治时重建，前檐撑枋雕刻极其精美，其中两枋分别刻的是凌云山图和乌尤山图，具有很高的史料价值。

寺有罗汉堂，民国时塑有千手观音、五百罗汉及济公和尚等像。观音像为铜像，造型一如方志所载的"面然"的"大鼻魋陋"形象。济公和尚像出自乐山著名雕塑艺人王瑞卿之手，惟妙惟肖，甚得乐山人的称赞。谁知在1966年底，"破四旧"已经过去了的初冬，被一群别有用心的人打毁，成了"文化大革命"的牺牲品，殊为痛惜。

民国时期所建旷怡亭　1992年3月

罗汉堂相邻有一亭名旷怡亭，始建于明代，吊脚楼式亭阁高耸于悬崖之上。楹联"苏和仲山高月小,范希文心旷神怡"是集苏东坡、范仲淹名句而成。在亭上凭栏远眺,水光山色,确令人心旷神怡。

离亭不远危岩上有一台名尔雅台,旧传为晋郭璞注《尔雅》处,后经赵熙考证说应是西汉犍为郡郭舍人。现台壁榜书"汉犍为郭舍人注尔雅处"10字,自然是赵熙的研究成果。下嵌赵熙的《尔雅台记》碑文,正是他在这一课题上的学术论文。其实,汉代的乌尤山还是墓葬区,有数百座崖墓可证,郭舍人哪会到这样的地方来注《尔雅》。尔雅台的出现已晚到宋代了,那不过是好附庸风雅的文人们的作品而已。所以1936年朱德到此台读此文后只是说:"考得有点名堂。"不置可否,评价得可谓天衣无缝。

民国时期所建尔雅台　1992年3月

此台在乌尤山诸建筑中最靠近大江，举目四望，峨眉三峰、大渡河、岷江均可一收眼底，真是天开图画。1939年郭沫若还乡，登临此台想起四川老乡朱德，作七律《登尔雅台怀人》云："依旧危台压紫云，青衣江上水殷殷。归来我独怀三楚，叱咤谁当冠九军。龙战玄黄弥野血，鸡鸣风雨际天闻。会师鸭绿期何日，翘首燕云苦忆君。"

然而，像凌云山一样，在历史上重要的地理位置使乌尤山常常成为战场。宋元之际的乌尤山寨，元明之际的乌牛寨，近代李蓝起义时清军潼川兵的驻扎，都给乌尤山，尤其是给寺庙带来了灭顶之灾。

乌尤山南，隔石堂溪（麻浩河）为同属青衣三山之一的马鞍山，以其形似马鞍而名。其山为嘉州古城东岸群山之尾，地理位置特殊，故唐代嘉州二十二镇兵之一的马鞍镇便设于此山。古时林木葱茏，景色宜人。黄庭坚有诗道："青山如马怒盘旋，错认林花作锦鞯。君不据鞍朝玉帝，岂宜长作市门仙。"可惜到民国时，在山上建了一个水泥厂，马鞍山顿时烟囱

青衣三岛之一的马鞍山，时为嘉华水泥厂厂区。　1991年7月16日

林立，浓烟如盖，青山林花之景随之全无。倒是水码头的功用一直没有消失，延至近代，一直发挥着应有的作用。

如果从凌云、乌尤两山最初的人类活动是治水患、通航道这一史实看，从海通凿大佛"易暴浪为安流"的动机看，从灵宝塔充当河道航标的功用看，当年人们的忙碌，多是以南方丝绸之路的畅通为其要旨的。往后千余年来，或黄卷青灯，或刀光剑影，或花红酒绿，或文物典章……到如今成为名传寰宇的风景旅游胜地，可算是南丝路上一大奇事。

六、冠英镇

乐山城下三江合流之后，岷江已进入下游，水量大增，船来舟往，航道畅通，大大便利了行客。不要说古代，就是现在去重庆、宜宾，乘船顺江而下，仍十分方便。尤当天晴时分，坐上早班船离开乐山港后，便置身大江之中。那苍茫的田野，历落的沙洲，滚滚的波涛，徐徐的河风，立刻把人融入自然造化之中。再立于船头，左观大佛雄姿，右望三峨浮影，飘飘乎浑然太极。岑参在大历三年（768）乘船离嘉州城东归，就舒服得叫道："平旦发犍为，逍遥信回风。"其后数百年，王渔洋乘舟离乐山城南下，领略其景，更是赞不绝口："顺风荡桨，倏忽行十里，回望嘉州城郭，居然金粉画图。大峨峰顶，奇云片片，作白毫光。"千年人事沧桑，而嘉城风光依旧。

岷江道陆路西线出城西瞻峨门，经斑竹湾渡（古名西津渡）过大渡河，达车子铺。车子有山临大渡河，名茶山，故车子铺又称茶山铺。唐代

"嘉州十五景"有"茗岗"一景，所指或是茶山。山旧有杨展墓，方志有载。临河为老鹰岩，大渡河正流傍岩脚而下直射大佛岩，颇具形势。舟船溯岷江上行，均需溯小铜河上行过茶山横渡大渡河转岷江诸码头。既为船筏必经之道，茶山便有盐关税卡之设。

车子南群山连绵，山崖上少不了成群的崖墓。其地崖墓值得注意的，一是墓内的门阙雕刻，其中阙顶作重檐庑殿顶者为乐山崖墓所仅见；二是一些墓内壁另凿有岩穴墓，当是僚人利用旧崖墓再造新墓的结果。

在车子诸山中最有名的一座山是至乐山，又名金灯山。清代方志说乐山县之得名即因于此山名中的后二字"乐山"。从乐山城眺望此山，屹然矗立于车子坝边，十分突出。诗云"至乐山浓远向城""云影低回至乐山"，描写的就是这一景色。

五通桥冠英七堆子隋唐宋玉津城墙遗址，现已不存。　1991年7月16日

从车子经杨家（古称乌木铺），便到了隋唐宋玉津县治所在的冠英镇。地名冠英是因旧有观音寺，取其谐音而来。唐代玉津县境北至大渡河，南至沐川北部，辖地广阔。唐末玉津县撤销为玉津镇，属龙游县。宋代又恢复玉津县，不久撤销划归犍为县。宋末至明初，犍为县治两度迁于此镇，并留下了犍为坝的地名。

现冠英场北有几个人工土堆，村民称为"七星堆"，正是唐宋玉津县城城址。传说三国时蜀汉军南征归来，与孟获议和裁军，把刀矛埋藏在冠英场口，堆土如坟，称"矛合堆"。实际上，该堆是七星堆之一，还是唐宋玉津县城遗址。

镇在清代有普通寺，官府设铺，便名普通铺，普通寺又名观音寺，场便名观音场，是岷江水路上一个不大不小的水码头。

民国十八年（1929），冠英镇集资修建了一所小学，有《犍为县冠英镇镇立小学建校碑序》保留至今。看来，有千年历史的冠英早就开始了集资办学之举。

唐末，冠英天池坝出了个著名的人物——中国密教第六代祖师柳本尊。他本为一弃婴，被县吏在柳树瘿中拾得，便以柳为姓。成人后奉佛教金刚界五部密法，以其自残苦行，弘

五通桥冠英清代文武官　1991年7月16日

化密教，四川密教因之大盛。南宋嫡传第七代祖师赵智凤在大足宝顶辟柳本尊道场，刻柳本尊像及"十炼"图，观者为之侧目。大足石刻艺术却因之弥彰，成为足与乐山大佛媲美的"东方明珠"。

天池坝直到宋代尚有柳本尊遗迹，方志云："天池院有观音化柳居士，门前有一井，尝剜一眼舍于井中。俗人目痛，取水洗之即愈。"到今古物难寻，只一方水池，仍保持"天池"之名；另一处古迹则是一座清代乾隆年间建成的杨祠堂。祠堂占地两千多平方米，是座四合院建筑。砖构牌楼式大门后为一座戏楼，与正堂、两厢结合，布局严整。祠内有建祠时种植的金桂古树，每年开花三次，堪称异种。现在祠堂依然，牌楼上，"乐山市天池学校"大字高挂门额，"百年大计，教育为本"横书门壁。

五通桥清代杨祠堂正堂
1999年3月26日

五通桥清代杨祠堂全景
1999年3月26日

五通桥天池坝清代杨祠堂戏台
1999年3月26日

五通桥清代杨祠堂大门后景
1999年3月26日

五通桥清代杨祠堂大门　　1999年3月26日

镇东临岷江古渡白果渡，旧名玉津渡，昔日船来舟往，颇为繁忙。商旅路过，下船购买当地特产"冠英酥肉"，也算一道小景。今河道变迁，主航道东移，遂成废址。古渡秋风，平沙碧水，依稀"玉津"境界。

离冠英镇南下，陆路经老木孔后便到以西坝豆腐闻名的西坝镇。但在历史上，西坝真正有名气的不是豆腐，而是生姜。

在岷江水运史上，西坝主要还是个煤运码头。清代，石麟一带的煤沿沫溪河而下运至西坝码头，再由竹筏转运到五通桥、金山寺、马踏井等地供灶房煮盐。盛时，每日有上百只竹筏转运，日吞吐量达五百余吨。故有

五通桥岷江老木孔　1991年7月11日

谚道："搬不完的西坝镇，填不满的金山寺。"

西坝既为古镇，自然也有些古董遗留，尚可称道者是镇中老街，穿斗木结构民居，花窗腰门，挑枋吊墩，也算古色古香。可惜主街上的青石板多年前因乡镇领导们讲经济，头脑一发热居然卖给乌尤寺去了，到今天，青石板街面自然所剩无几。

古道经沫溪河，有渡名庙沱，附近山丘瓷土丰富，古称"西溶三山"。同治《嘉定府志》载："西溶三山，曰底，曰中，曰巅，土细而白，居民作陶，咸取足矣。"现遍地窑包、陶瓷碎片和窑具，说明其的确为一个古窑址，时代在宋元明时期。与关庙古窑址、苏稽荻坪古窑址同列为乐山三大古窑址。

庙沱有小道可往沐川黄丹、泉水而至马边，是一条古代烟帮们走私大烟的黑道。庙沱临河山崖上，有唐代摩崖佛教造像15龛、清代摩崖碑刻1通。碑为同治三年（1864）所刻，内容为"直步青云"四大字，落款为

"三峰题"，实系集王羲之书写就。年代虽晚，但其草书体龙飞凤舞，依然有王右军之神韵。

七、犍乐盐场

岷江道陆路东线从乐山南下沿岷江东岸而行，经大石桥、青衣铺、红岩铺达牛华古镇，那是个以出产岩盐著名的古镇。史载战国时蜀郡守李冰凿"盐溉"，史家即指为牛华镇之红岩子。因产盐，红岩子成为古道上交通要津。民国《乐山县志》载："红岩，人咸凿山取泉煮盐，故商贾辐辏，舟舆骈集，是红岩乃嘉犍上下通衢也。"

然而牛华人爱吹的却是说牛华为中国四大古镇之一，与烧瓷器的江西景德镇、岳飞大破金兵拐子马的朱仙镇等齐名，是否如此，无人考证。现在的牛华溪，也只剩有民国晚期的剑霜堂等聊作古镇的标志而已。

牛华溪滨江公路，特意保留的黄葛树。
1992年1月初

牛华溪民国时期剑霜堂，现已不存。
1992年1月初

自清代米，牛华一带盐业急速发展，清《一统志》载："盐场在乐山县东南十五里红岩山，今盐场在油华溪。"油华溪即牛华溪，由此可知牛华溪盐场最早在红岩子，其后才在牛华溪，并设盐厂名"乐山盐场"。清代盐运使刘应蕃在《牛华溪即事》中说道："江水回环溪水萦，嘉阳廿里附南城。人家半藉盐为市，风俗全凭井代耕。"民国《乐山县志》云："居民约三千余户，井灶林立，盐煤汇萃，商业富庶之区，此为县中第一水陆通衢也。"故四川地方史学家任乃强老先生认为唐宋玉津县治应在牛华镇。果真如此，牛华人倒真正要好好地吹一下牛了。

因盐，牛华溪交通地位更显重要。民国《乐山县志》载："地富产盐，商业繁盛。民国十八年（1929）与犍厂合修马路至油华溪，绕道由红岩背后另开新路直抵凌云寺侧之筲子街。"成为乐山最早的公路之一。

牛华镇南下，是有"小西湖"之称的五通桥。

五通桥之得名一直众说纷纭，实在是乐山地名史上的一大公案。一说是五通桥有座桥为五孔石拱桥，当地人称为五洞桥，洞与通音近，当地人便讹称为五通桥了；二说是古代茫溪河上有五座灯笼桥，灯笼桥者，是以竹笼装卵石为墩，上搭木板而成，形如灯笼一串，故名。五通桥即五座灯笼桥之意；三说是因境内有五座石桥而名；四说是该地水路上通成都，下通宜宾，陆路上通仁寿，下通凉山，西往沙湾，比四通八达还要多一通，故名。

实际上，五通桥之得名与该地制盐业息息相关。其名之来，是因乾隆五十八年（1793）在两河口修了一座桥，桥为三孔，俗称老桥。灶户为了生意兴隆，祈祷主管牛马瘟疫的五通神保佑水牛，特在桥旁建了一座五通

①五通桥两河口清代花花桥桥面　1999年3月23日
②五通桥两河口清代花花桥　1999年3月23日
③五通桥两河口清代花花桥桥头神兽　1999年3月23日
④五通桥两河口清代老桥　1999年3月23日
⑤五通桥两河口清代老桥　1999年3月23日
⑥五通桥两河口"龙"字壁民居　1999年3月23日

073

庙以为供奉。其后人们把庙与桥合称，遂名该地为五通桥。

城为滨江城市，方志记其风景云："人烟两岸，万井相望，野绿空碧，皆泛于水。杨柳湾处，跨以蜂腰长桥，桥下小艇双飞，往来如织，颇有西湖打桨风味。"再早，清代诗人李嗣沆有诗云："垂杨夹岸水平铺，点缀春光如画图。烟火万家人上下，风光应不让西湖。"五通桥称为小西湖，大概就据此而来。当年，作家李准咏五通桥道："浓妆淡抹胜西子，祖国山河第一娇。"捧得令人汗颜。抗日战争时，徐悲鸿来游，也为之倾倒，竟将其喻为君士坦丁堡。张大千、丰子恺、张善子、傅抱石、关山月、张悲鹭等名画家或游或住，都弄得忘乎所以。

现在的五通桥说不上垂杨夹岸，倒是榕树浓荫。榕树在乐山一带称黄葛树，唐宋时期或称嘉树。五通桥江河两岸最多，百年以上者有三百余株，最古老者如黄葛井的五爪树，树龄达400年之久。那成百

黄葛井五爪黄葛树王　1996年11月

五通桥茫溪河畔工农街　1996年11月13日

上千的榕树遍布城内外，形成了十里榕荫十里城的景色。其龙盘虎踞的姿态，榕荫半空的气势，与山光水色融为一体，真使人流连忘返。

其中，茫溪河尤胜，有《五桥山水记》写道："由茫溪东溯，溪水平静，两岸榕荫柳摇，精舍林立。荡桨于斗折山溪之间，可入五六里。"

五通桥河道纵横，水面广阔，波平如镜，水上运动历史悠久。在乐山有民谣说："乐山出扒手，牛华出打手，五通出水手"（身为乐山人，为之愧恻）。自古以来，最有名的水上活动就要数端午龙舟会了。民国《犍为县志》载："五月五日为端午节，五通桥尤竞行龙船会。士女游江，舟多于鲫。其盛况冠于治城及沿江各场。"龙舟会上，赛龙船、抢鸭子为其主要内容，而抢鸭子最有地方特色。其方式是以各种方法刺激鸭子潜入水中，各只龙船上的健儿纷纷跳入水中追逐争夺，岸上水上，锣声鼓声，呐喊欢呼，其情其景最是热烈。

1979年起五通桥年年举行龙舟会，除继承旧有赛龙船、抢鸭子等传统项目外，又增添了龙舟夜渡、水上平台、水上焰火、漂河灯、赛渔舟等项目。1984年，五通桥龙舟队还代表四川省参加过该年举办的全国首届龙舟赛，并获得了第三名。1987年，端午龙舟会发展到了乐山城，成立了"乐山国际龙舟经贸交易会"，除了水上活动外，陆上文艺活动和经贸活动更

五通桥四望关龙舟会观礼台　1991年6月20日

加活跃。不过静心一想，还是五通桥的正宗。时至今日，五通桥已成了全国的"游泳之乡"，仍然是水手们施展身手的地方。

五通桥因为水网纵横，桥也特别多。现存古桥多为单孔拱桥，均有雕刻，因此有的叫花花桥，有的叫龙桥。现存最早的古桥要数两河口的老桥，该桥造型其实很一般，三孔石桥跨于小溪之上，一株黄葛树一旁婆娑，体现的似乎是风景而非人文价值。另外浮桥也是五通桥一大特色，最长的一座要数联系五通、竹根两镇的四望关浮桥。浮桥以若干木船或原木并联，上平

五通桥茫溪河上的浮桥，现已不存。　1991年6月20日

五通桥瓦窑沱清代石拱桥　1998年3月26日

铺木板，可宽可窄，可长可短，随水势升降，随用随撤，使用十分方便。不过浮桥在当今已不合时宜，所以四望溪浮桥已换成了现代化的钢筋水泥桥，浮桥已成为往日的追忆了。

不过，五通桥在南丝路上的真正位置，是食盐产销中心。城由五通桥镇和竹根滩镇组成，处于岷江及其支流涌斯江和茫溪河交汇处，是一座随

黄葛井清代小龙桥龙头石刻
1991年6月20日

五通桥茫溪河口涌斯江风光
1997年8月22日

五通桥四望关和四望关大桥
1995年10月25日

盐业发展而兴起的城镇，其城建史可以说就是一部盐业发展史。其盐史可以追溯到战国以前，到宋代"卓筒井"发明之后，包括五通桥在内的乐山、犍为一带已有了盐场。明洪武（1368—1398）年间产盐区集中在井研县王村场，盐井名永通井，设厂名永通厂。又在王村设永通盐课司署，围绕盐巴做第二道工作。

清代，产区沿茫溪河向下游发展，乾隆（1736—1795）时在两河口打出了第一口井，这一带就逐渐形成了盐产区和盐煤集散地。此后又沿茫溪河向河口以至竹根滩发展，最终在清代形成了五通桥和竹根滩两镇。至清乾隆、嘉庆之际，五通桥盐井"不下万井"，为全川五大盐井之首。嘉定府每年所征盐税五万余两，有80%就来自于五通桥的盐巴。五通桥已成为川西盐业中心，因地属犍为县，故称"犍为盐场"，与牛华"乐山盐场"合称"犍乐盐场"，扬名巴蜀。

八、四望关

从乾隆九年（1744）开始，官府准许犍盐外运，由此盐运成为五通桥一大传统行业。从清至民国，外销盐一路是走岷江道、五尺道南下运至盐井渡后转销云南各地，称"滇盐口岸"；一路是到乐山城后走平羌江道北上雅安，再沿零关道分销川西南各地，称"雅盐口岸"。此外，还有溯岷江入府河运销成都的"府岸"，溯岷江入南河运销新津的"南岸"，下岷江转长江至纳溪运销的"纳岸"，从纳溪再转永宁河逆水运销永宁的"永岸"。但运销云贵的官盐仍占主要地位。有清一代，犍为盐场每年外销食盐大多在四千八百多万斤以上。其滇盐口岸一路被经济学家称之为"犍盐入滇",看作中国清代商贸史上的一件大事。二百年间,五通桥食盐经岷江道、五尺道舟运陆行,闯滩过关,占据了云南东北部和贵州西北部一带食盐市场,为走向衰退的岷江道注入了一剂强心针。

当时竹根滩之繁荣也是有史可证,有"千猪百羊万担米,不及桥滩一早起"的谚语。当年航行于岷江道上的盐商们为祈求神灵保佑而修筑的王

从岷江上看竹根滩清代王爷庙
1998年6月25日

从岷江上看竹根滩　1998年6月25日

五通桥竹根滩码头清代王爷庙
1995年10月25日

大河坝岷江渡口旁的农家乐
1997年8月22日

大河坝岷江通往西坝镇的渡口
1997年8月22日

081

菩提山上的丁佑君烈士纪念馆　1991年6月20日

爷庙正殿尚存，面对着滔滔岷江，仍在诉说着当年的辉煌。

由于产盐，五通桥在清代设有盐关，最有名的一处，是设于茫溪河与涌斯江交汇处的四望关。茫溪河在宋代称四望水，明代称四望溪（菩提山因之也称四望山），并于溪口设四望溪口巡检司。看来，四望关成为五通桥要地颇有渊源。设盐关后，更是热闹非凡，清代诗人王培荀作《嘉州竹枝词》道："盐船个个似浮鸥，四望关前且暂留。贾客不知离别恨，又随明月下渝州。"新中国成立后关已不存，但四望关之名却遗留下来，人人皆知。

四望关水域宽阔，每当皓月东升，隔溪眺望青龙山犹如青龙跃起，故有"四望青龙吞夜月"之景，成了五通桥人最为留恋的场所。丰子恺在五通桥时，就曾取四望关远眺青龙山入画，且题诗道："且喜蜀中风景好，桥滩春色似杭州。"一株大黄葛树更是遮天蔽日，树下茶桌一摆，品茗斗牌，其乐融融。十几年前此树枯死，让当地人怅然若失。

著名的朝峨洞也是人为地消失于五通桥了。朝峨洞位于四望关北面、涌斯江旁的五龙山山腰。山西向为峨眉山，山有寺便名朝峨寺，有洞亦名朝峨洞。方志形容其景说："峭壁临空，寒潭映月，修真之士，多憩息于此。"清代盐大使牟思敬有诗赞颂道："桂宇飞薨矗岫巅，登临放眼兴超然。晴天隐现三峨雪，落日黄昏万灶烟。"袁子鉴《五桥山水记》说其景则更为细致："危楼凭眺，天外三峨，隐现云表；岷江西山，玉屏一片；俯瞰深潭，榕荫秀碧。洞门岩壁间刻有'瞻云望峨'四字，清代张开甲所书也。由山览观竹根滩，新开河一带乡村，则山环水抱，菜圃纵横，篱落萧疏，有武陵柴桑之致；水上则扁舟往来，有似浮鸥点缀江水之妙。"如此美景，不知因什么建设需要，使朝峨洞首当其冲，被彻底捣毁，只留下朝峨洞之名，让我们知道原来在五通桥也可沐浴峨眉山的佛光。

此外，五通桥的古迹要算民居了。最有名的是位于竹根滩的贺宗第宅，宅为盐商住宅，临江而建，原占地近一万平方米，今尚保存有三千多平方米，有正院、绣楼、花园、水榭等。院内设有戏台一座，就平地筑台子，小巧玲珑，实是不可多得的私家戏台，为中国戏剧史专家所称道。

清代朝峨洞遗址　1991年6月20日

①五通桥清代民居贺宗第后院，现已不存。　1997年8月22日
②五通桥清代贺宗第四合院，现已部分拆除。　1997年8月22日
③五通桥清代贺宗第水榭　1997年8月22日
④五通桥清代贺宗第水榭　1997年8月22日
⑤五通桥清代贺宗第家庭戏台，现已移位。　1997年8月22日

085

五通桥清代丁佑君故居朝门
1995年10月25日

五通桥清代丁佑君故居院门
1995年10月25日

  另一处具有地方特色的民居，要算为新中国献出了年轻生命的丁佑君的故居。该建筑主体是一座三合院，因山取势而置于山腰，其朝门另朝他方，入朝门后需上一段石阶转折后方可进入住宅。朝门和住宅均为穿斗木结构，院墙则用当地产的黄灰砂石砌筑，依山形地势把住宅围绕，宛然一片小天地。

五通桥清代丁佑君故居三合院内院　1995年10月25日

五通桥清代丁佑君故居院墙　1995年10月25日

维修完工后的民国时期的听雨楼
1996年11月13日

五通桥井神庙旁的民国时期的听雨楼在维修中　1995年10月25日

　　井神庙旁的听雨楼为民国建筑风格，年代较晚，但保存完好。此外，在黄葛井古街还有一些民居，大体上也是这样的风格。与贺宗第宅一样，它们原来的主人大多就是靠食盐起家的盐商之类人物。

　　作为一处水码头，五通桥的码头建设颇有历史，也颇有特色。以本地产的青砂石砌筑的码头形式多样，临江分布。石堡坎、石阶、石栏杆纤柔而坚固，其圆弧形堡坎线条极为优美，泛着灰蓝、灰绿的光泽，装点着浩瀚的大江。

五通桥南下过老龙坝，为岷江道水陆两路所必经，岷江至此流淌于两山之间，其地理形势殊称紧要，唐初嘉州二十二镇兵之一的罗护镇就在此处。原来沿岷江西岸而行的陆路离开西坝庙沱后也在坝北铁蛇渡横渡岷江与陆路东线汇合。铁蛇渡西岸圆通山直入大江，悬崖峭壁，翠柏苍松，山鹰盘旋，岩鸽惊飞，别有一番野味。山崖有奇石以形肖而名铁蛇，渡口也因之而名。山有圆通寺，是五通桥一带最有名的古寺，或说始建于唐，或说建于宋，清代诗人宋燮均经此，有诗云："西风黄叶蝉鸣树，十里斜阳红古渡。"聊发行旅之思。

五通桥竹根滩码头石缆桩，现已不存。
1995年10月25日

老龙坝北，独石成山，因道教建筑而有"道士观"的地名。观下虎口湾有沱名真武沱，是一处著名的险滩。岩穴累累，浪急水旋，历代为行舟之患。清代曾设救生红船两只，以济危难。清人傅崇矩有游记道："道士罐（观），著名大滩也。水经向山洞穴口直射，水大难行，水小则平，上水舟由对岸行。"清代诗人张问安走岷江南下，身历其险，作诗为记："道士观前石嵯峨，青崖苍古临江波，风涛一霎不能住，回首凌云争奈何。"

道士观旁为王爷庙，由清代盐商集资修建而成，精雕细镂，富丽堂皇，颇具大家气概。王爷庙在岷江道上处处可见，盐商们为了水运安全，

五通桥道士观岷江险滩　1991年7月11日

五通桥清代王爷庙　1998年11月5日

五通桥清代王爷庙石供桌　1998年11月5日

是不惜银子的了，虽然是用来修庙供奉那泥木做就的神灵鬼怪。王爷庙后殿墙砖上可见"王爷庙"三字铭文，算是自报户口。山门后为戏台一座，与正殿一样，根根八角形石柱，直通房顶。更引人注目的，是戏台石柱上阴刻的一幅红漆标语"支持红造，打倒妖匪"。"红造"者，"红色造反兵团"也，"文革"时乐山造反派的中坚；"妖匪"者，"11·10战斗兵团"也，"文革"时乐山保守派之老大。从"文攻"到"武卫"，乐山"文革"史基本上就是这两个派性组织的历史。南丝路的史书上，也难免那荒唐年代的一页。

岷江道陆路经老龙坝后达著名的金粟镇，在明代以前，金粟一直是岷江道重要的水陆码头，设水驿名三圣驿。民国《犍为县志》载："三圣石，县北七十里三圣驿。有'三圣石'三字。"是三圣驿名的由来。北宋苏东坡兄弟取道岷江水路返乡，曾停舟一游。民国《犍为县志》载苏轼："至犍为三圣驿，客巡检署司，题小绝于岩，士人命工刻之。"同治《嘉定府志》记载说："三圣驿题名，犍为县北六十里驿前岩间，石刻东坡与子由舣舟处并诗。北宋时禁苏文甚严，因凿去，今凿迹尚存。"到今天，自然是连"凿迹"也见不到了。

元代于金粟设三圣水站，有站船6只。明代设三圣水驿。清代设三圣水站，同时设三圣铺。因镇下岷江河中有大石如磨子，传说是镇压蜘蛛精的磨盘，老百姓就称金粟为磨子场。到现在，岷江航道已远离古镇，三圣驿之名已难得一提，人们就只知金粟镇、磨子场而忘掉了"三圣"老名。

金粟镇在唐、宋时属玉津县。宋代玉津县令宋白常呼朋携友来游，有诗道："玉津县里三年闷，金粟山前九月愁。"金粟山即镇外东山，《犍为县志》载："昔时遍山丛桂,当秋开花香气袭人。"《嘉定府志》则说："山多桂树,花如金粟。"山因此得名,镇也随之而名。镇下河滩芦苇丛布,每当农历八月,芦花飞白,桂花飘香。后人有"金粟秋芳"之评,列为"犍为八景"之一。在宋代,每当花开时节,"士大夫及郡人士游宴无虚日"。

镇北麻王洞古渡旁临江山崖上,刻有十多龛唐宋佛教摩崖造像。内有三佛、弥勒佛、观音菩萨龛等,风化都十分严重。其中观音造像细腰宽胸,颇具印度佛教造像风格。1914年,法国考古学家色伽兰路过此地,还特意考察了一番,其后,还把它记入《中国西部考古记》一书中。同时,

五通桥小道士观（麻王洞）唐宋佛教造像　2000年10月20日

五通桥小道士观唐代三佛造像　2000年10月20日

五通桥小道士观宋代观音造像　2000年10月20日

金粟镇清代紫云宫院门　1992年1月上旬

他还在附近发现了一通北周时代的石碑，并据该碑而判断麻王洞佛像年代属于北周时期。

镇北又有罗侯溪流入岷江，溪上历代均建桥梁，明代重建，改为石拱桥。因罗侯溪又名圣水，该桥便名"圣水桥"。到民国时，桥上犹有桥楼子，桥头还立有牌坊，榜书"金粟秋芳"四字，标表其地为犍为名胜之区。桥此后改名金粟桥，清人《金粟桥记》云："有桥曰圣水，盖通衢也。"后人在旁新建公路桥，把它晾到一边去了。

金粟镇北观音岩公路　1992年1月上旬

清代，五通桥熬盐所用之煤主要就来于金粟，《嘉定府志》载："三圣站下逮炭坝口，袤延百里，愈掘愈旺，水运陆负，日活数万人，其利甚博。"为嘉定府解决了数万农民工的就业问题。金粟因之成为乐山一大煤镇，以至于古镇沿江岸均为煤栈码头，得了个"炭坝"之名。其采煤业发展下去，便催生了乐山一大煤矿企业"吉祥煤矿"，开办者就是五通桥有名的傻儿师长张仲铭。吉祥煤矿历经风霜，至今仍在金粟大地上经营。

由于交通便利，抗日战争时期，永利化学公司、川康毛纺厂、美亚织绸厂、岷江电厂等4家工厂先后迁建到金粟。新中国成立后，511热电厂、乐山氮肥厂等又纷纷落户，金粟镇完全成了一个烟笼雾绕的工业区。人行其中，已难以领略"金粟秋芳"的韵味了。

金粟而南出五通桥境的岷江道陆路上，在清代尚有子云亭一座，湖南名士陶澍在嘉庆十五年（1810）路过，记道："子云亭，扬雄尚寓此。"就是说汉儒扬雄曾寓居于此，其实又是一个扬雄的纪念地。经此南下便进入犍为县境，陆路所经石马关，在明代设有石马关巡检司，为嘉定州五大巡检司之一。关下即石马滩，《古今图书集成》载："石马滩，在（犍为）县北三十里，岸上有石马遗迹。"河边有两匹石马，直到新中国成立后还可见到。至今河边岩上还残留有些许石刻，正是当年古关的见证。关下有坝，亦名石马坝。

九、金犍为

石马关南，隔江是有"小山城"之称的石板溪镇，为岷江道水路入犍为后的第一个码头。《嘉定府志》载："溪山出石炭，灶民取以煮盐。"光绪（1875—1908）年间傅崇矩路过，记道："（石）板桥溪，小场市，出煤。"沿石板溪而上至芭蕉沟一带，埋藏有优质的低硫煤炭，清代以来逐步采掘，已形成了四川一大产煤区。后更成立嘉阳煤矿，专门进行煤炭的开采。嘉阳煤大量外销川东，石板溪镇则成了煤运码头，一船一船的黑色黄金从此运出，奉献出犍为的宝贵财富。

镇南沙嘴渡，旧名象鼻渡，自古便是岷江驿道上的重要渡口。直到1990年犍为岷江大桥通车之前，都是陆路人马车辆必经之渡，车来船往，

犍为石板溪镇　1991年7月11日

犍为石板溪运煤码头　1991年7月11日

号称岷江上最大的轮渡码头。两岸山崖横列，水面狭窄，设渡于此自是必然。行客偶有题咏，其后也成了"犍为八景"之一的"象鼻古渡"。明代有"象山古渡"的题刻，算一个物证。

渡口下行就是岷江中最大险滩蟆颐滩，明代史书记为"戎州以西滩以百计，犍为之蟆颐最险"，石牙中横，江水走其上，滩声怒号，声闻数十里，"人死是滩者岁以千数"。

蟆颐滩下又一险滩名叉鱼子，江中有石修长如鱼，一石横卧，三叉如刃，故名。清人林思进诗道："蜀滩不可状，叉鱼古称险。十里闻奔泷，舟子已无胆。"清人刘本纂、王梦庚等于江西崖壁刻"蜀江第一""鼓浪吹波""春云秋月""朱霞九光"等题刻，既赞颂其美景，更说其艰险。冬春小水时船过此滩，乘客均需下船上岸步行，待船过滩后再上船继续航行。

清代，县令宋锦修目睹行旅商贾上岸等船时日晒雨淋之苦，特于滩上游岸边建亭一座，名"待舟亭"，以积阴德。其后又有县令姚令仪重提此事，但却把重点放在新修"水神祠"上，寄希望于神仙老儿去了。同时又在水神祠旁新建了一座"月波亭"，与待舟亭分立两旁，成了为水神庙抱膀子的附属建筑。民国六年（1917）大水，自家人不认自家人，水神祠、月波亭均毁于洪水。

岷江行路多艰，此则为水路第一险也。明清两代都有平滩之举，但彻底了决此险，还是近代的事了。

岷江道从叉鱼子南经凤凰山便进入犍为平原。凤凰山旧时山深林密，犍为八景之一的"凤岭梧荫"就在此地。临江悬崖上有崖墓群一片，俗称

犍为九个洞残存东汉崖墓墓穴 1991年7月11日

建设中的犍为岷江大桥 1987年11月

建成后的犍为岷江大桥 1991年7月11日

"九个洞",法人色伽兰在其《中国西部考古记》中载道:"窟口亦有上额,刻有汉代人兽。此圹虽昔为人之幽室,今亦不免为不恤古迹之居民所居。"洋人不知中国的老百姓穷起来连窝都没有,哪里还管它什么古迹不古迹。

犍为平原面积仅60平方公里,不及眉彭平原的十分之一,然千山万丘之间得此一块平壤也为人类提供了一个生息之处。故新石器时代的石簇、骨针已有出土,东汉崖墓则四处可见。南北朝以前该地还是南安县的一部分。独立设犍为县,始于北周,初名武阳。因其先后继承了武阳、犍为两个汉代政区名,故不少古迹如张纲洞、杨洪山、孝女渡等都是带来的"嫁妆"。

此外,犍为县城迁移颇为频繁。最早的郡、县治在岷江东岸孝女渡南孝姑场,时为北周保定三年(563)。到后蜀明德三年(936),因僚人闹事,县城迁到了岷江对岸河口场。北宋大中祥符四年(1011)迁到今地,当时名惩非镇。玉津县划归犍为后,到南宋理宗时又把县治迁到了原为玉津县城所在的冠英镇,让冠英留下了一个犍为坝的地名。直到明洪武四年(1371)才最后定在今地。几百年间,县城东迁西移达6次之多,弄得地方志专家们昏头昏脑,至今也是各有各的说法。例如惩非镇有人说在今清水溪镇,有人说在今石板滩南石马坝渡口附近,也有说就是今县城所在地,各有各理,莫衷一是。

在唐代,犍为一地社会尚属落后,诗人陈羽路过,有诗道:"犍为城下牂牁路,空冢滩西贾客舟。此夜可怜江上月,夷歌铜鼓不胜愁。"还是一个与"蛮子"混处的边荒之县。

到北宋,社会经济文化有了一定发展,出现了一家小有名气的王氏书楼。楼建于城南，藏书达万卷以上。三苏父子舟行过犍为，也走马观花参观了一下。有苏东坡《犍为王氏书楼》诗为证："树林幽翠满山谷，楼高突兀起江滨。"北宋末，名人邵伯温为避中原世乱，携家入蜀，便落户犍为。因河南故居叫安乐窝，便把所居之翠屏山住宅取名为"安乐窝"。安乐窝之名遗留至今，常使一些初到犍为的人琢磨半天也不得其解。

南宋时，范成大路过，作《犍为江楼》诗云："河边堵立看归篷，三老开头暮欲东。涨水稠滩连峡内，浅山浮石似湘中。无人驿路榛榛草，有客江楼浩浩风。"似乎对犍为一路人稀路荒颇多感叹，以至未在犍为城内住宿而直奔下坝驿去了。一个犍为县，终有宋一代，仍是末等"下县"。

元代设犍为水站，有站船6只。明代至清初设沉犀水驿和陆驿，站马4匹，马夫2名，扛夫6名。为岷江道水陆两路要津。

到明清时，因所属五通桥一带盐业兴旺，经济迅速上升，犍为一下子肥得流油，成为四川屈指可数的富县，县令之职也成了肥缺，于是有"金犍为，银富顺"之说。抗战时，黄炎培到犍为，也为犍为之富裕倾倒，特作《犍为之歌》唱道："犍为，犍为，美哉犍为。左面是岷江迂回，右面

清代犍为临江城墙，可见福星门和犀江门两座城门。　1991年7月11日

清代犍为临江城墙，可见犀江门和青阳门两座城门。　1991年7月11日

是铜山崔巍。山乡农村错落，江头商舶来回……犍为，犍为，美哉犍为。有竹根之盐，有嘉阳之煤。"真是物华天宝，鱼米之乡。

鱼米之乡有特产，有犍为白糖、泡子酒可为代表。泡子酒最奇特的是酿酒用水，那是一口位于城墙脚下的老井，水井旁就是酿酒作坊的废水淤积成的污水坑，这些污水经地下过滤后又渗入井中被取出酿酒，所以当地人便称泡子酒为"回笼汤"。装在瓶子中，把酒一摇，便有大颗气泡翻涌，这便是泡子酒得名的由来。其名盛时，居然打入了宜宾、泸州这些川酒的老窝子，可见泡子酒之了得。

正德年间，县城始筑石城墙。乾隆年间增修，有东、西、北、小北门及魁星、福星、青阳、嘉会、犀江9座城门。其东城墙临岷江，常遭洪水侵害，清代嘉庆（1796—1820）年间大水，城墙崩塌。其后县令王梦庚主持重建，在东城墙南段以石柱13根为骨架重筑城墙及犀江、拱极等城门，从此城墙矗立江岸，无水患之忧，犍为城墙因之有了"九门十三柱"之称。

临江城门均是水码头，最有名的"犀江门"，取意"李冰作石犀五头以压水精"的传说。福星门城门下临江做半月形的堵水台，层层石阶直落

清代犍为临江城墙，可见犀江门。
1991年7月11日

清代犍为城墙残剩的一段　1998年6月

江中，门洞内石阶上行而达城内。青阳门、福星门门洞上，缆绳痕迹斑斑，见证着犍为临江城门作为水码头的历史。然而，旧城改造，滨江路新建，犀江门、青阳门、福星门、嘉会门等便遭遇灭顶之灾，不复存焉。

城内现存古迹，以文庙、奎星阁、贞节牌坊、龙池为著。文庙始建于宋代，元明两朝两度毁灭，清康熙（1662—1722）年间重建，历经二百余

靖代犍为嘉会门　1991年7月11日

清代犍为福星门　1991年7月11日

①清代犍为犀江门　1991年7月11日
②清代犍为犀江门　1995年8月25日
③犍为修建滨江路时开始填埋的清代福星门　1995年8月25日
④清代犍为青阳门　1998年6月24日
⑤清代犍为犀江门　1998年6月24日

④

⑤

年，时修时补，形成今日的规模。文庙占地达36亩，保存完整。从万仞宫墙、圣域、贤关、泮池、戟门，到两庑、大成殿、崇圣殿，层层递进，气势磅礴；石栏红墙，碧瓦琉璃，富丽堂皇，实为"金犍为"的标本。

其中泮池位于棂星门后，戟门之前，颇为特殊；戟门作重楼式殿顶，在四川也不多见；大成殿面阔32米，高30米，屋面为黄色琉璃瓦，金碧辉煌。文庙地势高敞，1917年，滇军第二军第十三混成旅旅长朱德率军进驻犍为，恰逢有名的"民国六年大水"，便据文庙以避洪水。

奎星阁在文庙前，为八角三层楼阁式建筑，屋面为黄绿相间琉璃瓦，与文庙两相辉映，十分壮丽。可惜年久失修，已是风雨飘摇。

清代犍为文庙万仞宫墙　1998年6月24日

清代犍为文庙棂星门和「义路」门 1998年6月24日

清代犍为文庙大成门后视 1994年10月

清代犍为文庙大成殿 1994年10月

清代犍为文庙棂星门与奎阁　1994年10月

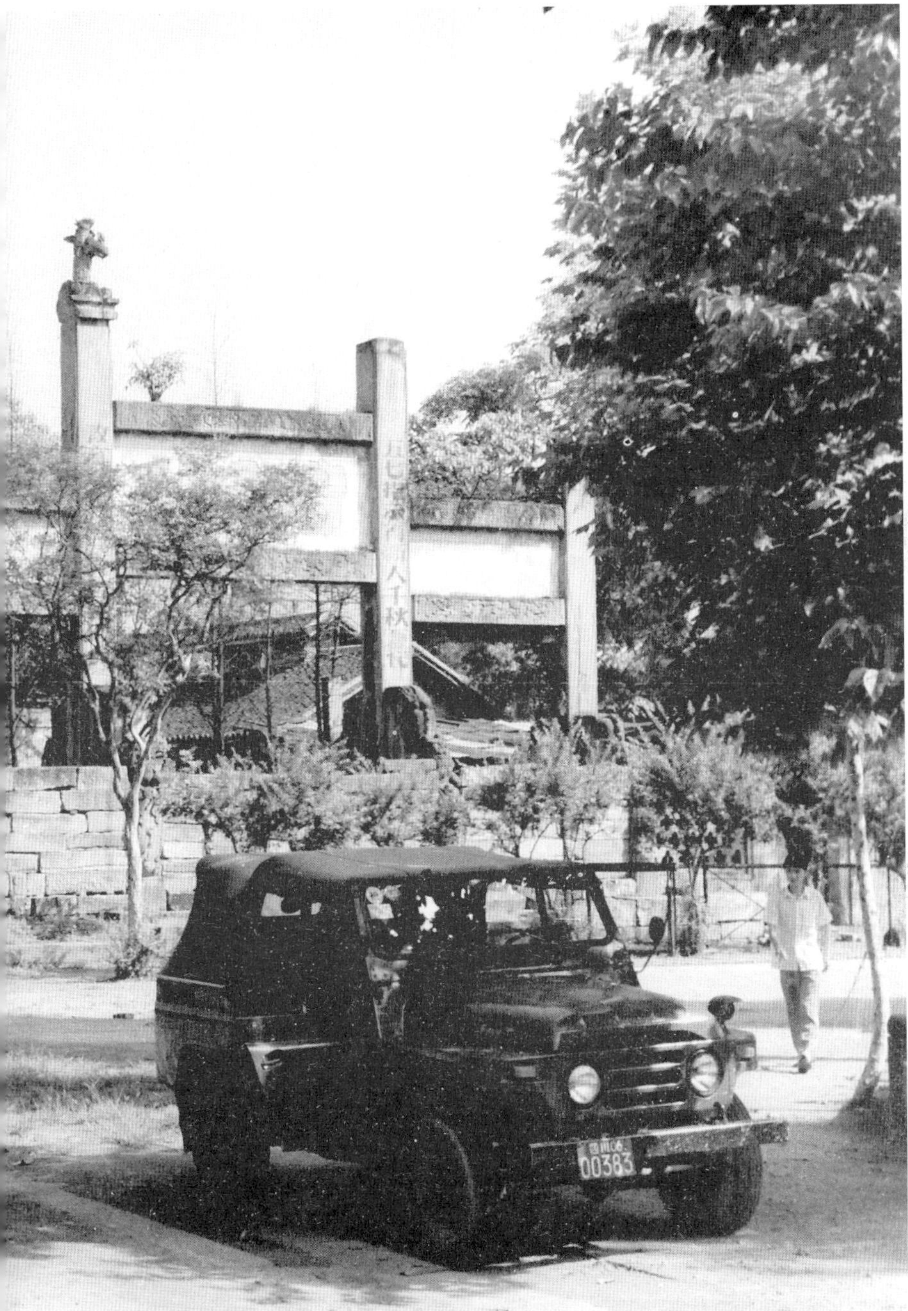
00383

①清代犍为文庙大成门　1995年8月25日
②清代犍为文庙大成门背面　1995年8月25日
③清代犍为文庙燎台厢房　1995年8月25日
④清代犍为文庙大成殿　1995年8月25日
⑤清代犍为文庙崇圣祠　1995年8月25日
⑥清代犍为文庙大成殿后墙　1994年10月

111

清代犍为奎星阁　1991年7月11日
清代犍为奎星阁　1993年8月10日

清代犍为奎星阁维修状况　1997年7月

犍为文林街清代节孝牌坊
1991年7月11日

犍为老街之文林街　1998年6月24日

  贞节牌坊在文庙侧老街之上，建于清代咸丰八年（1858），为一座四柱三门的牌楼式建筑。坊高13米，全用雅石筑成，圆雕狮、鱼、龙头，浮雕人物故事等，丰富多彩。坊上刻407名节孝烈女姓名，以资表彰。以今人之眼光来看，自是封建主义的东西，经"文革"而能保存下来真是奇迹。

  号为"犍为八景"之首的"龙池春涨"的龙池还在，亭桥古风犹存，现已成犍为县工会活动的场所了。

犍为清代龙池蕊珠宫，现已不存。　1992年8月4日

十、下坝驿

　　岷江道水路离犍为城南下，东岸群山连绵。文峰山上，文峰塔依然高耸山顶。塔建成于乾隆十六年（1751），本为九层六角砖塔，登塔可远望岷江山川、犍为古城，故"犍为八景"中有"文峰远眺"之景。据说天气晴朗时，文庙泮池可见其倒影，雅称"玉笔点丹池"，或说池指城中龙池，有县人秦拱北诗为证："隔江古塔毛锥如，挥毫欲向空中书。峰峦远

115

映何处觅,倒影惊走龙池鱼。"民国时,塔顶毁于地震;1958年,上四层毁于大炼钢铁。今人修复一新,聊胜于无了。

犍为岩尾孝女渡 1992年8月4日

往下杨洪山尾,又名岩尾,岩下临江有岷江道上的千年古渡——孝女渡,岩尾因之也名孝女岩。明人安磐路过还留有"孝女岩"题刻,"孝渡流芳"也列为"犍为八景"之一。明状元杨升庵当年过此,见孝女庙存,感慨之余,作《孝津行》诗咏道:"风谊动古今,庙貌森穹崇……解使犍为县,永作忠孝邦。岷之山石可泐,犍之江波可竭,千秋菊兮万世兰,孝娥之名焉可灭。"孝女庙虽不存,但杨状元诗不朽。

此地恰好又是马边河汇入岷江处,故有场名河口场,不过场上建筑,最早也只到清代而已。富裕的犍为平原也到此为止,孝女渡与沙嘴渡一南一北,成为岷江道陆路进出犍为平原的两大要津。

岷江道陆路自此横渡岷江,改沿岷江东岸南行,首达的一个大坝子有著名的古镇孝姑,最早的武阳县城和犍为县城就设于此地,一直到后蜀明德三年(936)迁到岷江西岸为止,从周武帝保定三年(563)算起,居然有373年作为县治的历史。几年前在镇北岩尾曾发现石碑一块,据说有"开皇三年(583)"年代题记和与犍为设治有关的内容,可惜不识其价值的工人将其作为废物扔进了数丈深的石灰坑之中,有心人想找回也无能为力,只得望坑兴叹。唐咸通十年(869),南诏军北侵,取道沐源川东进,到岷

犍为孝姑渡子云山　1992年8月5日

江岸边后，着汉装骗来渡船偷渡岷江袭占的犍为县城就在此处。

宋代在孝姑设水驿，叫下坝驿，南宋淳熙四年（1177），范成大走水路出四川，曾在此住宿了一夜。元代设下坝水站，有站船6只。明至清初设下坝水驿，站船6只，水手2名，桡夫18名。清代设铺。到现在仍为岷江水运的一个码头。江对岸有沱名幺姑沱，沱下为古渡口，那是西去九井、沐川等地往马边一带的中转要津。

幺姑沱岸上有岩石二，一石如僧人着冠，故名和尚石；一石如女人着裙，则名幺姑岩。方志载："俗谓僧逐女，化为石。见石西俯，则以为惠远点头；东徇，则以为秦皇赴海。"清代举人陈顺彬有《幺姑沱》诗道："蜀江古有沱，幺姑谁氏女。停桡欲问之，奈石不能语。幺姑本无郎，岂似望夫石。终古立江头，悠悠送行客。"由此多种说法而诞生了多个版本的民间故事，荤的素的都有，足可以作为茶余酒后的谈资。

孝姑对面，大江西岸，有一山名紫云山，山高峙江岸，"犍为八景"之一的"云亭晓烟"便在此山。传说西汉文学家扬雄在山上读过书，所以称为子云山，后讹为紫云山。据说北宋邵伯温迁居犍为，最早也在此寓居。

嘉庆《犍为县志》载："子云山，县南二十里。汉扬雄尚徙居于此。至淳祐中，余玠筑城其上，并置戍，因改名子云城。"即说宋末犍为军民因山取势，筑城抵抗蒙（元），扼制岷江水路。德祐元年（1275），嘉定府知府昝万寿"藉境内三龟、九顶、紫云诸城降"。子云城未动一枪一刀，便在昝万寿的领导下缴械归顺元朝了事。

其后，山上重建过山寨，重修过子云亭，以保护一方平安，也办过子云书院。沧桑百年，现在的紫云山上，城墙、子云洞、子云亭、水月寺等均已荒败，陷入草莽之中，仅有遗迹可考。倒是临江崖上的清代知县王梦庚的"云亭晓烟"题刻，清清楚楚，吸引着乘坐轮船的游客。

孝姑走陆路南下途经百支溪、岩门子。古代的百支溪两岸松荫苍郁，碧水中流，风景如画。岩门子则"怪石崭险，为行旅之患。宋开禧二年（1206）邑人陈文饶凿平之"（清李元《蜀水经》），方成通途。陆路经岩门子后便到乐山境内的最后一个水陆码头新民场。场旧名麻柳场，大约

犍为子云山清代前寨门　1991年7月11日

犍为新民码头　1992年8月5日

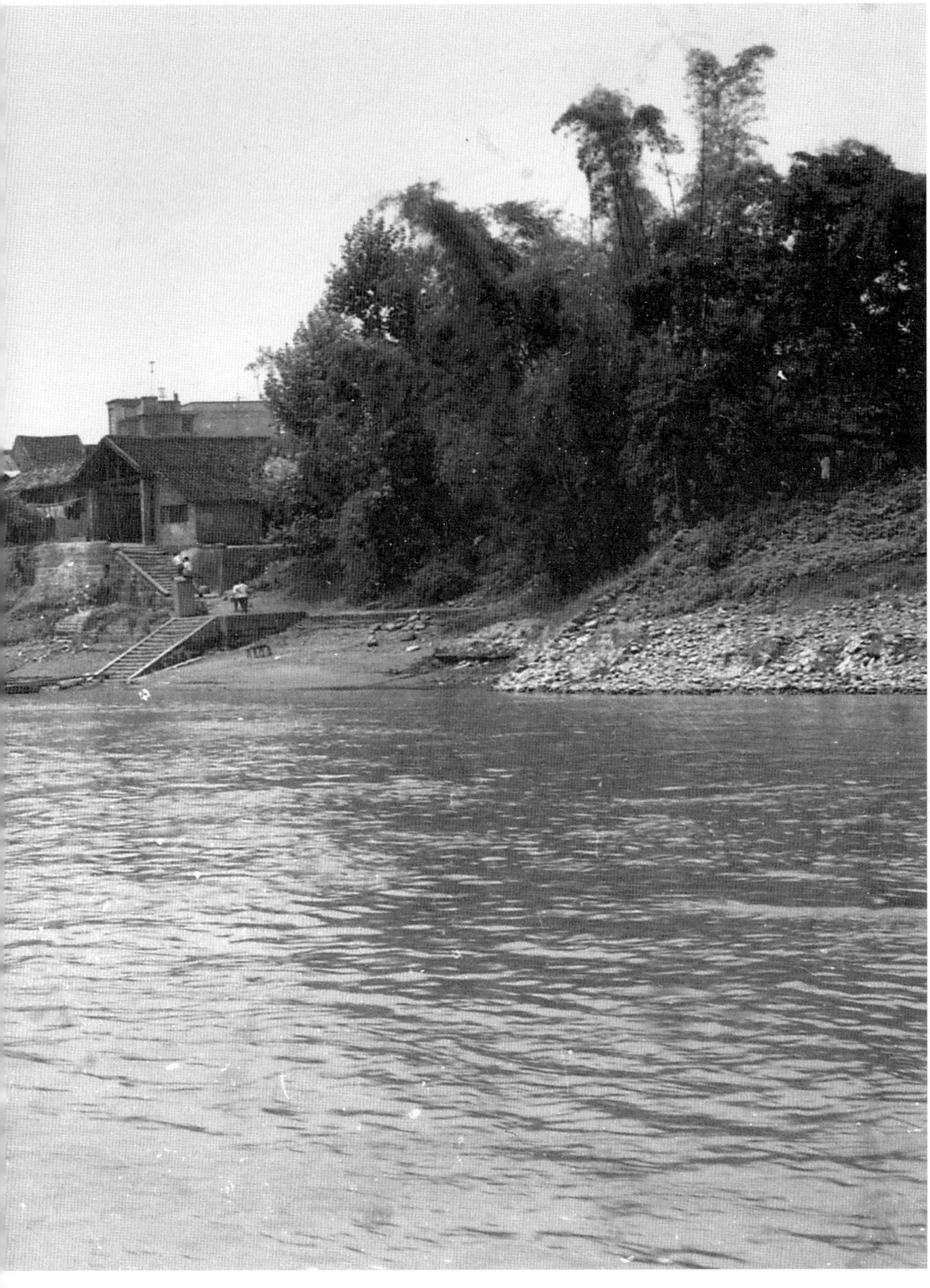

犍为新民清代南华宫　1992年8月5日

是当年岷江畔驿路边麻柳成林之故吧。据说老场建于明，1934年改名为怀安镇，1936年改名新民，寓新三民主义之意也。民国《犍为县志》载："孝姑又三十里怀安镇，又五里干龙子，皆沙路。"陆路出干龙子到月波驿便进入宜宾县境了。

场街顺江分布，主街依然是青石板一道，凉厅子一溜，尚有一百来米残留。场内古建筑，如作为学校的南华宫，有正殿一间，用材也较大。原来南华宫周围，楠、柏、桂圆等树繁茂成林，大者得两人合抱，到1987年全被砍走，为乡镇企业的发展作贡献去了。

数千年来，走岷江道自犍为到宜宾，水路仍占据着明显的优势，舟船仍承担着沟通两地主要的运输任务。客轮货船，沿江上下，日日可见。

犍为新民麻柳场凉厅子市场，现已不存。　1992年8月5日

犍为新民麻柳场凉厅子，现已不存。　1992年8月5日

犍为龙君渡"7·21沉船事故"纪念碑　1992年8月5日

1988年7月21日,一艘从宜宾上行的客轮在新民场北蜂子湾口翻沉,死亡两百余人,人称"七·二一特大沉船事故",可算岷江水道数千年史上的特大交通事故。为了数以百计的死难者,人们在沉船地点龙君渡立了一座永久性的纪念碑。碑下,岷江水一如既往地流淌,它告诉人们:这就是南方丝绸之路,这就是岷江道。

第二章

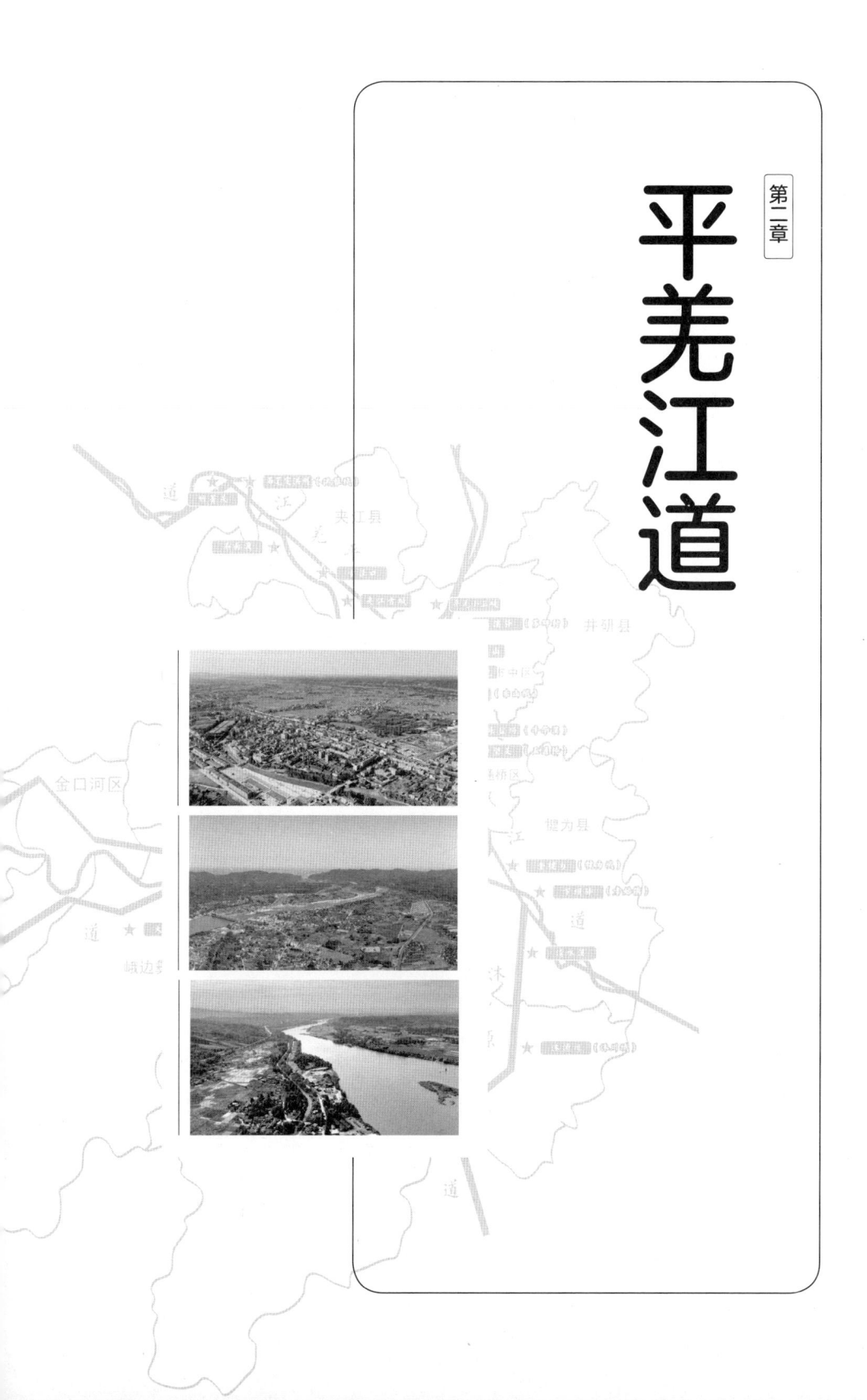

平羌江道

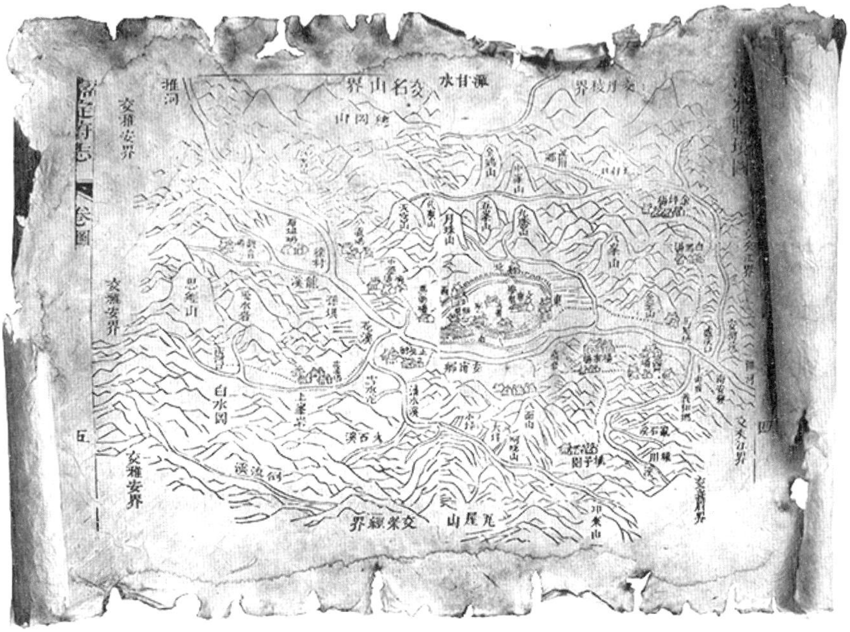

交名山界
交雅安界
白水岡
瓦屋山

木城古镇

一、棉竹铺

古代乐山通往雅安的古道是南丝路的一条支线，因该道所沿青衣江又名平羌江，故称"平羌江道"，因乐山在宋代别称"嘉阳"，故此道又称"嘉阳驿道"。近年来考古调查发掘，发现从雅安至乐山沿青衣江两岸，均有一种以双肩石斧为代表的新石器时代文化，可知早在三四千年前平羌江道已经为先民们所采用。汉代夹江千佛岩"永和二年（137）碑"明确记载此道在汉代已为官道，可西通青衣（芦山），南达越嶲（西昌）。唐宋以后官宦商贾走此道的记载更多，实是联系乐山、雅安两地最便捷的一条驿道。

乐山古城北清代张公桥　1991年9月16日

　　驿道出嘉州古城北门，经张公桥溯竹公溪西行。竹公溪在棉竹风洞老引入了青衣江水后，水清流缓，水质颇佳。20世纪50年代初，取其水所做的竹公溪豆腐，小有名气。以今日所见之混浊的溪水来看，真不可思议。

　　竹公溪又写作祝公溪。其得名或是《古今图书集成》所云"环溪多竹，俗名竹公溪"；或说是古代有一祝姓老翁居此之故；或说是以竹为姓的僚人在此聚居而名。众说纷纭，至今也无定论。

　　唐代，竹公溪旁已有竹郎庙，薛涛有诗云："竹郎庙前多古木，夕阳沉沉山更绿。何处江村有笛声，声声尽是迎郎曲。"可知竹公溪旁以前有竹王三郎祠，祭祀僚人崇拜的竹王。这一风俗一直流传到清代，王渔洋有诗记其遗风道："竹公溪口水茫茫，溪上人家赛竹王。铜鼓蛮歌争上日，竹林深处拜三郎。"

溪下游近溪口一带,小地名为"薛地",据说是唐代女诗人薛涛的故居,说其人在此地长大,因此后人取名如此。有《乡思》诗为证:"峨眉山下水如油,怜我心同不系舟。何日片帆离锦浦,棹声齐唱发中流。"全是一片思乡之情,由于沾上了峨眉山,似乎所思之乡真是在这儿了。但有人却说此诗乃伪托,薛涛生地与嘉州无关。就是她的另一首《竹郎庙》诗实际上写的是荣县的竹郎庙,也与嘉州无关。如此这般,令乐山人大大地扫兴。

溪畔的望江台山崖上的一群崖墓倒是货真价实,称张公桥崖墓。其中1号墓墓门浮雕武士、伏羲、女娲图。伏羲、女娲这两位东方的亚当、夏娃,各执日月规矩相对而立,其人首蛇身的神仙风韵,堪称崖墓一绝。墓室内壁浮雕"轺车"图,是乐山崖墓群中硕果仅存的一幅轺车图像。2号墓有两幅画像,一幅是"托灯侍女"图,另一幅是"骑行"图,刻一吏骑马前行,马前一农夫执箕持锸,马后一头小马驹紧紧追赶,宛如一幅乡村行旅图。凭这几幅画像石,张公桥崖墓也便成为乐山市文物保护单位,或多或少地为名声在外的乐山崖墓增加了一点内容。

溪畔,一山拔地而起,名白岩山。山势峻秀,古有"天马云龙,异常秀丽"之誉。在明代,山下设有临江关和白岩铺。清代,关不存而铺仍在,算是离古城最近的铺递,也是嘉州城出城后的第一站。

东汉时,白岩山上开凿了大量的崖墓,人称白岩山崖墓。崖墓数以百计,规模之宏大,在四川崖墓中堪称老大。墓最大者门宽23米,高6米,深竟达42米,实为中国西南第一墓。由于洞子宏大,古为今用,便关过壮丁，做过监狱，办过伙食团，甚至还成了走私毒品的毒犯们的藏身之地。

崖墓有不少石刻，以建筑雕刻为主，诸如门阙、立柱、斗拱、房檐等。画像石数量不多，有门吏、瑞鸟、神首图等。其中"门吏"高2.2米，已是乐山崖墓中最大的门吏图了。

到宋代，大型崖墓均已暴露天野，有好事者清理了3座崖墓另作他用，地方志便说成是"宋逸民程公望尝隐居于此"注《易经》，开始有了名声。到后来，还逗得苏洵三父子也慕名来游。其后，白崖院、洞溪院、临川阁散布于山前溪后，游人络绎不绝。如此这般，自然也就成了一方名胜。随后达官贵人、文士墨客闻风仿效，络绎不绝，雅兴一发便摩崖题词以为纪念，长此下去，终成大观。

现在三座崖墓分别称为清风、白云、朝霞。朝霞洞位于南面，有碑5通；白云洞居中，有碑7通；清风洞在北，有碑28通。遗憾的是，20世纪60年代605厂修小铁路"因地制宜"，将清风洞改作伙食团厨房，凿崖打眼，搭架铺板。当时的肚子问题算是解决了，但给碑刻留下了无数卯眼烟垢。

三洞碑刻诗文或记游述事，或写景抒怀，不一而足。宋碑中"晚冲白鸟几飞回，夜度青猿一啸哀""露凝萝蔓悬璎珞，风入杉松响佩环""渡溪桥，步松径""林泉围翠幄""坐凉风入竹"等句，记录了宋代当地优良的生态环境。而"按田得游""观稼北郊""拣田来游"等记载，反映了当时地方官员对农业的重视。碑刻字体有行、草、楷、篆、隶，百花齐放，美不胜收。白云洞宋碑记道："夹江县令高冲因干往平羌，来游三洞。时壬申（1092）四月二十九日。"高县令到嘉州旅游，取道此驿路了。

明代，"嘉定四谏"之一的安磐还在溪边新建了钓鱼楼，作垂钓之乐。清代又增建观稼楼于山巅，乐山老乡谢世瑢诗道："泛泛竹溪水，悠悠蕴真趣。"白岩山真是风光宜人、怡然休闲之地。

1908年，英国学者陶然士调查白岩山崖墓，说："宋代时期，嘉定的一群崖墓设有门廊，作为夏天游人的休息处所。文人骚客离去之后，往往在墙上写题记，这些早就被打开的岩洞，每个人都可以亲临现场去目睹宋人的得意之作。"说的就是三洞宋碑。

1914年，法人色伽兰来访，后在《中国西部考古记》一书中写道："距嘉定北门十五里，赴雅州大道之左，有一带紫色红砂石极美之崖，其中凿有多窟，远望可见也，地名白崖。"提到了路经白岩山的"赴雅州大道"（平羌江道）。

其后，前来白岩山的中国学者比到乐山其他崖墓的要多得多，尤其是古建筑学家不厌其行，诸如梁思成、刘敦桢、陈明达、辜其一等。他们重视汉代建筑，而文人欣赏三洞宋碑，于是白岩山崖墓就更多地以建筑和宋碑驰名于世。

白岩山在明代有两座崖墓摩崖开凿了大量佛像，崖墓一变而成了佛家的石窟寺，丰富了蕴真寺的内容。再后，蕴真寺名气越来越大，白岩山也被乐山人称为蕴真洞，进而音讹为相近的"人生洞"，留名至今。

驿道离白岩铺到九溪口（今王河园旁）后，改溯竹公溪支流九溪前行。一路小桥流水，经矮儿桥而达九溪铺，铺因九溪而名，为驿道西出乐山的第二个铺递。铺旁有古桥架于溪上，名万寿桥，现存为单孔石拱桥，自然是清代古风。

过九溪铺后便是著名的棉竹铺，已是驿道第三站了。铺在明代名连

乐山九溪铺清代万寿桥，现已不存。　1991年9月16日

珠铺，并曾设立过连珠关，"今曰棉竹铺，音转讹也"（民国《乐山县志》）。清康熙时，王渔洋走平羌江道路过该地打尖，仍说是"食连珠铺"。棉竹铺在清乾隆年间设通镇场，"商业丝蜡，上达雅州"（民国《乐山县志》）。作为一个古集镇，老街还保留些许老房子，驿道东头，一口圆形古井犹存，虽然已经水泥整容。

棉竹老街商铺
1991年6月1日

棉竹镇清代古井，现已掩埋。
1991年6月1日

棉竹民国时公路桥
1991年6月1日

棉竹铺北行有山名女儿山，临青衣江，北宋初开渠引江水，成为乐山最老的两大古渠之一。宋代名新兴堰，后名观音堰，明代重修，名永丰堰、魏公堰。清代乾隆年间，把引水口移至凤洞老，使竹公溪水量倍增，灌溉了乐山城北六千余亩良田。主持其事者为乐山县知事江吴鉴，故此渠改名为江公堰，算是报其一饭之恩。江吴鉴进行用水改革，"先水尾，次水头，彼此无碍而秋成加倍"（民国《乐山县志》），成为乐山水利史上值得称道的一件事。现时的江公堰修竹夹岸，绿影婆娑，碧水潺潺，竹篱瓦屋，风光旖旎。

棉竹江公堰上的平梁桥　1991年6月1日

棉竹始建于宋代的江公堰引水口
1991年6月1日

棉竹宋代始建的江公堰　1991年6月1日

驿道离棉竹铺后改沿青衣江前行往石桥冲，驿道在敖口一段开凿于临江山崖上，称为"敖口碥路"，属于栈道的一种。石桥冲下有古渡可通苏稽，为嘉州古城西面屏障，清代晚期为防止李蓝义军进攻乐山城，清政府曾于此设关，名石桥关。当时的嘉定府知府史致康特地撰文吹嘘："上通邛雅，环山带水，不异函谷、雁门，诚一方锁钥也。"小小石桥关，竟然敢与名震华夏的函谷关和雁门关比肩，真是吹牛不要本钱。

过石桥冲后，驿道进入夹江县境门坎铺，门坎铺也因之成为平羌江道进入夹江县境后的第一个铺递。1927年开通成嘉马路（后改称成乐公路）后，棉竹铺到夹江的这段沿江驿道才告废弃。而它的景色，仍如当年王渔

棉竹石桥冲　1991年6月1日

洋所吟咏的那样："嘉阳驿路俯江流，寒雨潇潇送暮秋。谁识蛮中风景别，洋州风竹戴嵩牛。"

二、夹江古城

门坎铺前经夹江九盘山，九盘山古称九盘坂，沿江山崖错立，宋人杨翚记道："众水泓汇，惊涛怒浪，泻入山脚。"临江"有石峭拔如人立，俗谓之丈人峰"。后人美称为"千年古丈看江流"，推为夹江名胜之一。丈人峰实为丹霞地貌的一种，属"石笋"形红砂岩孤立小石峰，高13米。峰后，清人所刻"丈人峰"题刻一幅，丈人峰三大字依稀可辨。

九盘山上明清石板驿路尚存数段，大多沿崖侧而筑，行走其上，心惊胆战，故有"九盘羊肠"之称，被秀才们列为"夹江十景"之一，明人杨芷有诗道："自古竞传蜀道艰，九盘犹不易跻攀。萦回鸟迹前仍后，曲折羊肠去复还。屏蔽濆南垂带砺，纲维嘉北锁江关。王阳莫道邛崃险，至此应须未解颜。"将之与零关道上著名的九折坂相比，可见当时九盘驿道之艰险。路虽险，仍然"车马往来，若蝼蚁之在途"（杨翚

137

①夹江九盘山丈人峰　1991年6月1日
②③夹江九盘山明代驿道　1994年11月19日

《碧云亭记》）。王渔洋过此亦有《九盘望峨眉》诗道："绀壁临千仞，萧萧木叶黄。水流通越巂，峰远入江阳。"所想到的，已是从此地西可去凉山，东可下叙泸了。今人再登九盘，举目四望，唯见甘江坝子绿草如茵，油菜花一片金黄。

附近棉花坡有汉代崖墓多座，其中3座墓有不少画像石刻。画像内容为吹箫乐伎与瑞鸟、鸟衔蛇、跪羊、嘉鱼、人骑羊等。建筑雕刻更有特色，墓门两层房檐结构的形式在乐山崖墓群中十分罕见，其中的束竹柱保存尤其完好，竹棱纹、绳索纹均清晰可见。一墓墓门雕刻一人跪坐，旁有一鱼相对，老百姓戏称为"姜太公钓鱼"，算是乡民对文物的解释了。

棉花坡东汉崖墓　1991年6月1日

山上有庙叫二郎庙，历史悠久。原为武侯祠和邓艾庙，所供奉者一为兴蜀之丞相，一为灭蜀之晋将，汉贼不两立，此处却同时祭祀，叫人不得其解。于是明代县令董继舒改弦更张，把邓艾神像扔之于水，同时把武侯祠迁建到县城。清代康熙年间于山上建川主祠，供奉李冰父子，俗称二郎庙，至今尚存。

棉花坡崖墓墓门雕刻　1991年6月1日

①棉花坡崖墓墓门立柱斗拱雕刻　1991年6月1日
②夹江清代二郎庙　1994年11月19日
③夹江清代二郎庙大殿　1994年11月19日
④夹江九盘山下蟠龙渡旁的清代普陀岩石刻　1991年6月1日
⑤夹江盘渡河上的清代青云桥遗址　1994年11月19日

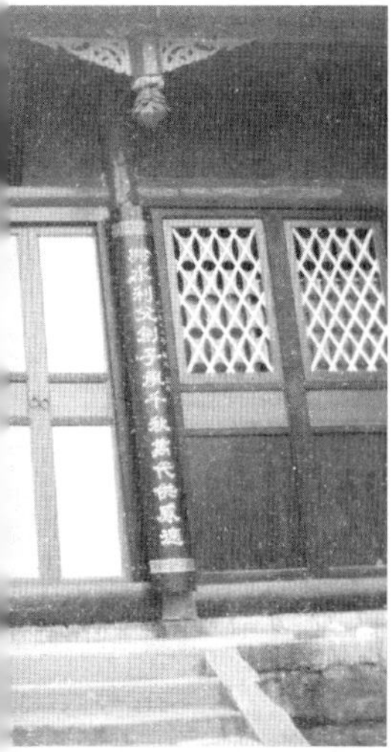

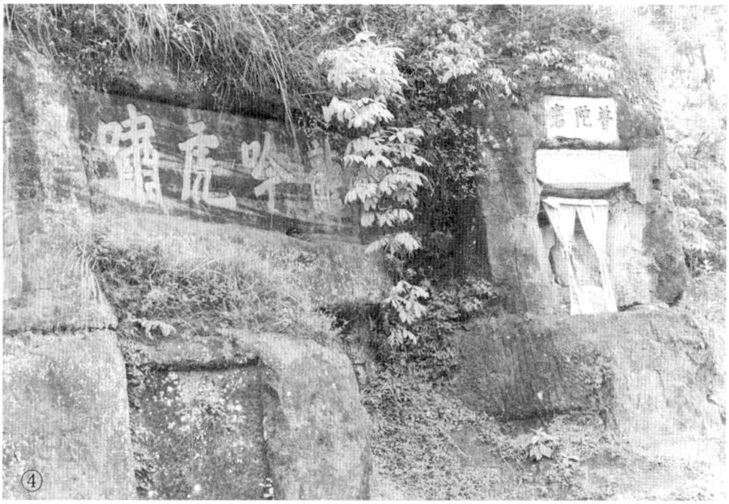

④

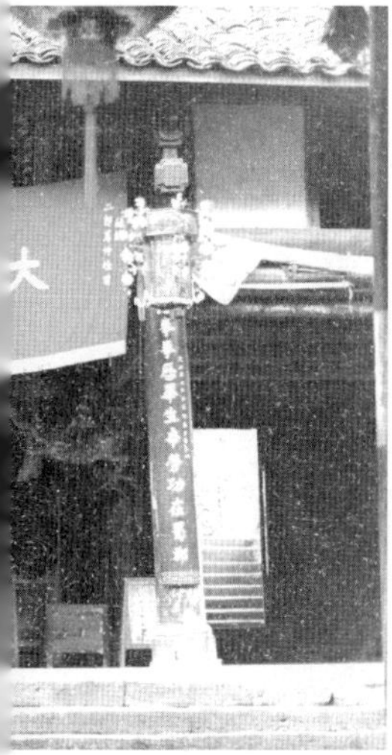

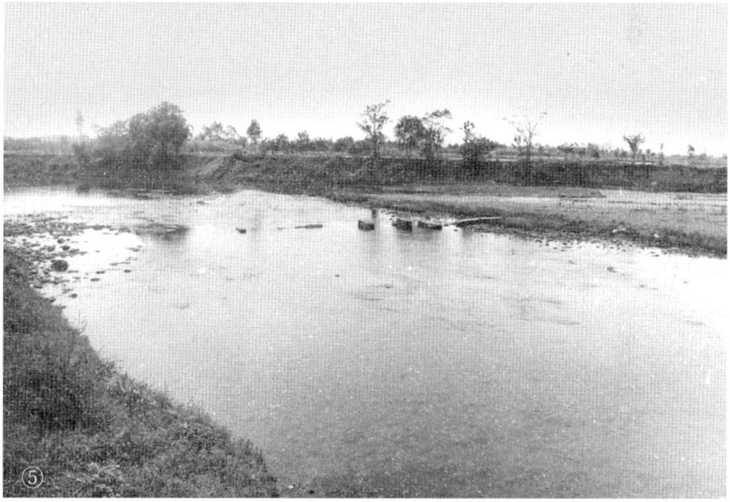
⑤

山下盘渡河，有一重要渡口，古称弱漡渡。后由于该河改称蟠（盘）龙河，该渡名蟠（盘）龙渡。传说有神仙夜渡的神异，所以"弱漡晚渡"也成为"夹江十景"之一。明人杨芷有诗写道："落日衔山媚景悠，行人渡口乱登舟。水推桂楫追残照，风引花蓬逐翠流。"清代建有石桥一座，名青云桥，为平梁石板桥，今已毁弃，仅有两岸桥头堡坎尚在。但其有关碑文存于方志，碑文中云："唯此驿路冲繁，临河浩叹，病涉者已历亿万年矣。"后不到一年时间修成此桥，"自此龙蟠镇轴，波涛不惊。"算好事一桩。

驿道过盘渡河即进入夹江平原。所经陶渡村一带在宋代属弱漡镇，弱漡镇为夹江宋代两大古镇之一。当时镇上曾出了一个名医皇甫坦，此公曾为宋高宗之母医治过眼疾，号称一代名医。宋高宗因之特赠一匾，题"清

夹江甘江坝子　1994年11月19日

净"二字以名其轩。原有家庆楼,魏了翁曾作《家庆楼记》为志。古镇今已不存,只地下偶有柱础等物以证明当年的繁荣。

驿道沿青衣江西行而达甘江铺。甘江原名"乾江",据说是因古代该铺南邻河道冬季干涸,而名乾江。清初,王渔洋从成都南下嘉定,就曾"晚抵乾江铺",并与夹江乔县令会面后于次日离乾江铺取道嘉阳驿路东去嘉定。后人图吉利,易"乾"为"甘",改写作"甘江"了。从地理大势看,甘江镇实际上就是宋代弱瀑镇的后继,因河道变迁而西移的结果。

甘江铺虽为古镇,可惜民国时连续两场大火,把老街烧了个精光。民国《夹江县志》载:"民国丁卯年(1927)县南甘江镇火灾。焚毁数百家。逾百日又火灾,毁损房舍。"故今日甘江铺老街老屋最早只是民国时建筑了。

夹江甘江铺老街　1994年11月19日

不过,在铺西驿道旁响堂坝,却有乐山最早的古建筑杨公阙。阙为双阙,高达5米,全用红砂石砌成,阙上浮雕斗拱、瓦当、人物、龙、虎等浮雕,多姿多彩。阙身题铭为:"汉故益州太守杨府君讳宗字德仲墓道。"可知墓主曾任郡太守的高官。阙后台地名"响堂坝",曾出土过汉代墓砖和一尊精美的石刻辟邪,证明此坝是杨公阙阙主杨宗的坟墓。地名"响堂"者,是其地曾有过祭祀墓主人的"享堂"之故。

清代,何绍基路过,见杨公阙竟然处于水洼之中,有感而发:"响堂坝前森可睹，两阙相距才数武。一在水中一在渚……忍令寒碣水中处。太惜邦人不好古！"照今天的说法，即是当地群众没有文物意识，不能自觉地保护文物。

抗战时，梁思成前来调查杨公阙，对其现状作了有趣的描述："清咸丰中二阙一在水中，一在渚侧。唯著者调查时，皆位于田塍间，无复寒潭啮蚀之患也。"这也正是今天的状况。

夹江东汉杨公阙全景　1994年1月27日

夹江东汉杨公阙"戏虎"图雕刻
1994年1月27日

夹江东汉杨公阙"人物故事"图雕刻
1994年1月27日

驿道离甘江铺后经观音铺从夹江城南进入古城，二十里驿路风光宛若江南。王渔洋当年路过，有文记道："沟塍棋布，烟村暖然，类吴中风物。人家以竹为藩，微径通出入，时露茅茨，或闻鸡犬声，乃知有人。"确是一片田园农家风光。

驿道所经薛村有一处新石器时代遗址，出土过石斧、双肩石斧、陶杯、陶纺轮等文物，证明了夹江的人文史可早到三四千年前。《史记》载西汉宣虎所封之侯邑就在夹江，故有史家认为汉南安县治就在夹江平原上，很可能即今夹江城。

夹江于隋开皇十三年（593）始设县，县治在今县城西北"泾上"，唐武德元年（618）移于今地。方志评夹江地理云："龙鼻耸峙于南，仙掌环绕于北。路当孔道，水陆交冲。"没有吹牛。远的不说，清代从成都往建昌（今西昌）就有经夹江走峨眉山下过大渡河而去的"峨眉后路"。康熙十九年（1680），清军赵良栋数万人就准备从此道往西昌，在夹江等待了三个多月。后听当地人说"峨眉后路"虽近，但道险，"驰步俱难"，才改走平羌江道到雅州转零关道到建昌。

唐代以来城墙均为土城，明天顺（1457—1464）年间以砖砌城，到正德（1506—1521）年间又以石砌筑，城高二丈，长五里。清代康熙、乾隆时重修，使城市平面"长圆而中直"，南面临江城墙平面为半圆形，故有"半月临江"之喻，城墙内沿墙街道也名"月亮街"，并保留至今。咸丰、光绪年间古城陆续有所修建。到现在，城墙只剩城南一段，不过几百米残墙而已。在县城之内，可见古迹更少，留下来的文庙大成殿也搬迁到千佛岩，做手工造纸博物馆的展厅去了。

夹江天主教堂正面　1997年10月24日

夹江天主教堂外观　1997年10月24日 　　夹江天主教堂附属建筑　1997年10月24日

夹江天主教堂内观　1997年10月24日

夹江天主教堂内部结构　1997年10月24日

夹江天主教堂内景　1997年10月24日

说来手工制造的夹江纸倒是四川一绝，本来乐山造纸自唐宋已经开始，当时多以树皮为原料。《蜀中名胜记》载："嘉定尖山下为纸房，楮薄如蝉翼而可坚久。"后逐步以竹代木。到明末清初，夹江因盛产慈竹、水竹、白甲竹等十来种竹，又兼山间多清泉，便逐渐成为西南著名的纸乡。康熙二十二年（1683），钦定夹江纸为贡纸，乾隆十一年（1746）又选为"文闱用纸"，用于科举考场。一般人用的土纸则如《嘉定府志》所载"虽不能坚细，然甚需日用，盖川中半资其用云"。一度占领四川半个市场，连川江号子中都有了"夹江白纸好书写，嘉定曾把丝绸出"的唱词。

宋代以来，茶、纸、白蜡、丝、木等都是夹江市场的主要商品。清晚期，北街已成了著名的纸市，昔日以茶易马的茶马古道也便成了平羌江道的别称。

三、古泾口

驿道离夹江城溯青衣江西行，进入聚贤街，本为夹江水运码头，乡贤们常在此聚会，故有此名。街依山傍水，清代民居古色古香，倒也不负此名。过聚贤街后便到了号称"青衣佳绝处"的千佛岩。青衣江在此受两岸高山约束，形成一个峡口，从夹江平原远望，两山对峙，一水中流，据说夹江县名便因此而来。《古今图书集成》则说："大江经县东，青衣经县西，故云夹江。"另成一家之言。蜀汉时，汉嘉太守黄元造反，率部顺青衣江南下投吴，就在此处被蜀汉军拦截兵败被俘。

夹江千佛岩东段　1991年11月14日

夹江千佛岩西段　1991年11月14日

夹江千佛岩汉代栈道桩孔遗迹　1991年11月14日

传说秦灭蜀后,秦人不远万里迁居于此,比附于秦地之"泾河南口"而称为"泾口"。自古以来,此地是一处重要的交通孔道,北可通犍为郡武阳县,西可去蜀郡青衣县,南则往越嶲郡等地。著名的"平乡明亭大道"以栈道的形式构筑于悬崖之上,东汉南安县长王君平修筑此道的《南安长王君平乡明亭大道碑》也摩刻于此,到宋代尚存。

现崖壁上犹存四十余米长的汉代栈道遗迹,主梁桩孔尚有8个,等距离成水平状排列,已是乐山境内仅存的汉代栈道遗址。唐以后,栈道依然存在,只是位置较前下降了约四米,木板梁到建国初也换成了雅石石条。其下清代穿山堰流水淙淙,行走其上,别有一番风味。

江中有一奇石名龙脑石,独立水中。文人形容说:"春夏水涨,惊涛奋迅,溅沫扬波。及水落石出,则头角崭然,宛如龙脑。"因而"夹江十景"中有了"龙脑巨浪"一景。

唐代,千佛岩成了佛教徒们雕刻佛像的地方。清《重修千佛岩记》载:"唐时好事者刻佛于岩上,累若千数,后人遂以名之曰千佛岩。"清《重修千佛并灵泉记》则神秘兮兮地说:"唐初,有邑之僧人梦佛于岩上,以千佛石岩刻之,宛然有其神而助之。"要我们相信造像始于唐初。现存的造像题记中有"先天元年(712)""开元廿七(739)""大历十一年(776)""会昌二年(842)拾一月""大中十一年(857)"等题记,与该碑记所说的时代倒也差不多,确证造像始于唐初,延续到唐晚期、五代。最后在明清时又有雕造,但数量、规模、艺术性等都大不如前了。

现在千佛岩仍保存了造像龛162龛,其中观音地藏龛、毗沙门天王龛、西方净土变龛等，均有浓厚的唐代艺术风格。弥勒大佛龛中弥勒佛通高2.7米，是千佛岩最大佛像。梁思成当年调查，记录弥勒龛当时的状况说："此龛现覆以楼，跨于官道上。"现在龛尚在，楼不存焉。有人认为它是乐山大佛的"小样"，但其凿造年代在唐晚期，晚于乐山大佛的始凿年代，如此，该说实为不经之论。净土宗的"观无量寿经变龛"有乐舞雕刻，从中可到看到箫、笙、笛、箜篌等乐器和唐代舞蹈艺术形象。而宫殿、经幢、佛塔等更是研究唐代建筑的宝贵资料。"地藏变龛"所刻地藏化身像为光头，深目高鼻，为四川唐代摩崖造像的孤例。"三佛龛"数量众多，不少以弥勒佛为主尊，反映了唐代乐山地区弥勒崇拜的风行。而为数众多的千手观音、毗沙门天王等则表明了千佛岩造像浓郁的密宗色彩。

夹江千佛岩唐"先天元年"造像龛　1991年11月14日

夹江唐代千佛岩宝志和尚龛　1991年11月14日

夹江唐代千佛岩弥勒坐佛造像　1997年11月14日

夹江唐代千佛岩毗沙门天王造像　1991年11月14日

夹江唐代千佛岩西方净土变造像　1991年11月14日

千佛岩还有历代游客留下来的数十幅碑刻,集中在唐代造像西侧岩上,故此片岩称为万咏岩。其中有"岳渎灵关""名山巨川""振衣岗""万咏岩""濯缨处""禹迹千秋""山高水长""月白风清""逝者如斯"等。最有名的则是夹江名人张庭所书的"古泾口"一幅。明清两位嘉州太守袁子让、郭卫宸所书的"万象庄严""千佛岩",字大如席,隔江可见。题刻中的诗歌如"胜景异诸天,斜阳古渡边。临岩思勒马,漱石枕流泉","一径悬岩下,两峰积翠高。当年谁凿此,余实庇风涛",寓山川之情、古今之事,足令人玩味。在栈道上边走边欣赏,倒也是一大乐事。但最令人玩味的是清代一幅题刻,文为:"正堂王示:禁止上下一带开厂打石,如违严究。嘉庆二十七年七月二十日立。"政府保护文物古已有之。民国时王秉勋所刻"天理良心"碑道:"讼则终凶,赢了猫儿输了牛。忍气莫告状。"所领略到的司法之腐败,可谓痛心疾首。

夹江千佛岩"嘉阳驿路"牌坊　1991年11月14日

夹江千佛岩"铁石关隘"牌坊　1991年11月14日

明末，为防止张献忠大西军进攻夹江城，明政府军在栈道东头设关驻军，并立牌坊名"铁石关"，直到光绪八年（1882）才毁于战火。今人发思古之幽情，重立牌坊，前后篆字榜书"铁石关隘""嘉阳驿道"，标示了千佛岩重要的交通地位。

在千佛岩西头，有一巨大方形岩石立于路旁，高约四丈。传说是诸葛亮点将台，岩面平坦，上还有人工凿的孔洞，说是插旗帜、搭军帐的遗迹。岩下一片河滩地，说是当年诸葛亮南征时排兵布阵的演兵场。现岩石侧壁上尚有不少看不清楚的古人题刻，大约都是围绕这个

夹江千佛岩点将台　1994年11月14日

谁也说不清的点将台的思古说今之作了。台上有仿古亭子一座、"点将台"匾额一通，算是点将台的标志。

千佛岩自然风光、人文景观相互交融美不胜收，本地文人自然免不了有所评估，名之为"千佛胜景"，列为"夹江十景"之一。顾祖禹称道是："数峰崭然，崖石峭拔，西岸瀑布悬流，响震林壑。"全记录的是自然风光。

与千佛岩隔江相望，灵泉山、化成山并峙江岸，古称平羌化山。山下临青衣江，有渡口通千佛岩，名灵泉渡，古代也是青衣江上的要津。据《太平寰宇记》载："图经云：天下二十四化，此其一也。道士常正一得道此山，丹灶履迹尚存。"嘉庆《夹江县志》则提早到汉代，说："李阿

真人飞身于此，洞口掌迹尚存。"所记之洞现存于山顶，俗名仙掌洞，又名紫府洞。洞门楣有"紫府"二大字，洞壁有宋端平二年（1235）题刻："跨龙门，饮蟹泉，摩仙掌，扣丹灶，风日熙明，万籁顿息，清奇之兴真似蓬莱矣。"洞口现有一清晰掌印，不知为何时之物。洞旁旧有清泉一眼，"金蟹常踊跃其中，故名蟹泉，又名灵泉"。灵泉山、灵泉渡之得名均来源于此。"灵泉白蟹"自然也成了"夹江十景"之一。

化成山又名依凤岗，明代于山麓建寺，称依凤寺。寺旁摩崖有佛像石刻，又有一古洞叫"探原洞"。方志说，探原洞为张庭读易之处。现洞壁刻有明人王世忠手书"月窟""天根"四字及与张庭相关的题记。

张庭为夹江历史上出类拔萃的人物，号五兀山人，中举人，登进士榜，官至吏部文选郎中。志云："博学有才识，以直言忤权贵。"官场难容而还乡，余承勋说他："放志山水，寻域中诸名胜。暇则远致奇花，引泉凿池于园圃中，日与诸昆友畅咏流觞以为乐，怡怡如也。"曾撰《岷峨志》《夹江志》等志书，对地方文化大有贡献。最后老于丘园，魂归山林，真是怡怡如也。

出千佛岩往北不远，山岩雄秀，峡谷幽深，修竹流泉，景色诱人。林深处有一明代古寺金像寺。寺建成于明成化年间，清乾隆年间又重修，直到1958年方被拆毁。寺虽毁，但明代的6龛摩崖佛像保存完好，有"三佛二菩萨龛""大肚弥勒龛"等。尤其是"观音龛"中十一面观音像千手多面，贴金装彩，妙相庄严，人称"金像"。周围四弟子侍坐，恭敬虔诚。佛像以密宗仪规雕刻，是乐山不可多得的明代密宗造像。金像寺之得名，就是由于此龛观音为贴金石像而来。

夹江始建于明代的金像寺山门　1991年11月14日

夹江明代金像寺千手观音造像龛　1991年11月14日

四、石面渡

驿道溯青衣江而上，经双路铺、迎江场后，沿青衣江北岸达芦溪铺进入洪雅县境，这是条清以后通行的驿道。明以前，平羌江道则是从木城渡过渡到木城坝沿青衣江南岸西进。

木城坝周边山脚在整修石面堰时曾出土过一些石斧，可见其地开发年代相当早。隋以前，由于木城坝位于古泾口之上，故称"泾上"。该地面广地阔，具备设置县治的条件，隋代开皇十三年（593）所设的最早的夹江县城就在此处。唐代开元年间又于此设过南安县，而使后人误以为汉南安县城也设于此。明代设南安镇，仍沿用此名。

木城青衣江汽车轮渡和人渡渡口，已撤销。 1991年11月14日

明末清初，百姓为抵抗张献忠农民军，依赖丰富的森林资源，突发奇想，架树木为栅作城墙，创造了中国城建史上一绝，南安镇也因之另有了"木城"之名。当然，也有学者认为木城之名是相当早的地名，清代叫木城，不过是旧名重提而已。

民国时乃为南安场，号称夹江首场，木材、纸张是其交易的主要商品，在清晚期，与夹江城同为嘉定府两大纸市之一。1952年建木城镇，老地名南安倒也没有消失，只是作为一个乡名保留在木城镇东南。

木城坝上，除新石器时代的石器外，附近山崖上也有不少汉代崖墓，规模都小，数量也不多。坝上还发现过宋代墓葬，是一座典型的石室墓。古建筑如崇圣祠、张家院子等也还可观览。这些文物虽说不上有多重要，但也表明了古代木城不可小视的地位。民国时，崇圣祠古为今用，在祠内办起了小学。

用作卫生院的木城民居
1991年11月14日
木城清代崇圣祠大殿，现已搬迁。
1991年11月14日

木城镇出美女，但最有名的人物却是个男人，名叫邓通，《蜀中名胜记》载："南安镇，即汉南安县故治。有邓通宅故址，前有玛瑙溪，中有盘石，可以修禊。"《史记》载："邓通，蜀郡南安人也，以濯船为黄头郎。"邓通拍汉文帝马屁有方，得赏严道铜山自铸钱，"邓氏钱布天下"，富得流油，成为乐山历史上最早成名的人物，也算得上中国历史上屈指可数的民营企业家了。邓通铸钱地分布在荥经宝峰铜山、洪雅瓦屋山铜山、沙湾四峨山铜山。在邛崃也有铸钱之所。文帝死后，景帝上台，邓通失宠，免官居家。不久"盗出徼外铸钱"，即犯了走私罪，被人告发，家产被抄没，落得个"竟不能名一钱，寄死人家"。在乐山有关邓通的故事传说很多，口碑资料中与邓通有关的遗址就有荥经邓通城、沙湾铜街子邓通墓、邓通庙等。是真是假，有待后人考证了。

镇北有河名川溪河，据说是晋葛洪先生炼丹的地方，因葛洪字稚川，故又名"稚川溪"，是一条颇有名气的河流。溯河而上，山上有洞叫庞坡洞，传说是汉代庞德公隐居之处，自然是一处名胜古迹。洞口有"庞坡洞天"四大字题刻，附近有摩崖造像，已是明人的作品了。该洞因其名声，连夹江名人张凤翙也有著录，云其"深无尽止，僧百炬以往，未半则返"。县志说："洞中深不可测，昔人烈炬游之，将十里许，闻有鸡犬水声，惊怖而返，后无敢入者。"今日"敢入者"考察，原来是个天然洞穴。

川溪河上游为华头山区，那是夹江最僻远贫穷的乡野。礼失而求诸野，形成于明代的"夹江堂灯戏"却在这大山之野完好保留了下来。堂灯戏在当地又叫"跳堂灯"，在当地民歌、花灯的基础上吸收了"梁山灯调"发展而来，清代已经十分流行。

石面堰进水口　1998年3月16日

石面堰进水口　1998年3月15日

石面渡石刻观音龛　1998年3月16日

出木城沿江而上，有渡口名石面渡，渡口旁原有汉柏一株，是二千年名木，可惜在三十多年前被一所学校砍伐作了他用，只留下了"汉柏村"的地名和刘东父所书"汉柏"碑一通，算是立了个档案。

石面渡是一处著名的渡口，是通往洪雅、丹棱等地的一处要津，渡口临崖，崖上有观音龛四龛，对联云："何处去寻南海，此间便是普陀。"横批"慈航普渡"。开造观音龛风行于驿道各处渡口，祈求着大慈大悲的观世音菩萨保佑跋涉于古道上的行旅。

石面堰《汉柏》碑刘东父书
1998年3月16日

驿道离木城从石面渡过川溪河后，古道进入洪雅县境，所到地三宝号称洪雅东大门。坝上有古庙一座，始建于唐，时名三宝寺，宋代改名慈航寺，清代又改名三江庙。地当青衣江边，行于路上，江水滔滔，平野漫漫，河风习习，垂柳依依，可谓赏心悦目。宋人谢兴有诗赞颂："渺渺烟波一钓舟，几行归雁白苹洲。郭熙眼力今谁健，写出江天烟雨秋。"何绍基当年到洪雅路经此地，作有《过石面渡至三宝寺》诗，有句云："高粱矮稻村村稼，古柳新桐步步沙。"当年也是青衣江上一处船筏停靠码头，西康所需的盐米粮油多经此地输送。现三宝寺除剩有一座清代破庙暂充粮库以外，别无古物。

163

往北可见一塔屹立，名修文塔。塔下山头称乌尤山，与乐山古城岷江东岸的乌尤山同名，当也是因供奉乌尤大士之故。《古今图书集成》载："乌尤山，在县东十里，山最秀拔。"乐山乌尤山到底因何得名，此山可作一佐证。据说洪雅第一号名人宋代谏议大夫田锡曾在此读书，并改此山名为修文山。因此，明天启中所修此塔便名修文塔。饱经沧桑，现存塔已为清代嘉庆十八年（1813）之物了。不过，它仍高耸于青衣江旁边，起着指引舟船航行的航标作用。方志评估则更高，说："江流奔腾，水急沙飞，道在有以镇之。"更有甚者，说其"用为合邑保障，是以代出名人"，因此塔，"士农商贾各安职业，风俗比于齐鲁"。果真如此，后人真得好好保护它。

不远处有一河坝名金沙坝，近年出土了一件铜戈和一面铜镜，据专家考证，时代当在战国初期。据此表明，平羌江道在巴蜀时期已是蜀人行经的路途。

离三宝前行为将军镇，那是宋代洪雅五镇之一。镇南洞门山有东汉崖墓，证明汉代这一带已有居民，宋代成为一大镇也就不奇怪了。

经此到洪雅城前，一山巍然，屹立江边，这就是著名的隐蒙山。史书载：晋处士庞居正字隐蒙，隐此，并留有庞仙洞古迹。唐代建成临江寺，殿宇众多，有纯阳院、黄鹤楼、回澜塔等。岑参和明人袁子让、清人何绍基等大家均有题咏。寺有楹联道："青衣江内浪滔滔欲洗尽人间幻梦，黄鹤楼中风浩浩想吹开世界迷关。"也算得一对好联。

如此名山名胜，民国三十一年（1942）县太爷特出布告说："查兹临江古刹，为洪雅名胜古迹，应严加保护，无论何人，不得在此滋扰或损坏原有建筑，如违，定严拿重惩不贷。"第二年，县政府准备筹建临江公园，又发函云："查兹临江寺负山面水，地势清旷，林木葱郁，既为乡贤庞隐士遗迹，又属县境名胜八景之一。而风景绝佳，附郭尤近，向为邦人士游憩之所。倘再利用天然环境，加以人工点缀，实一绝好之郊外公园。"好名胜而举善事，今人岂不该以为镜鉴。

山下有渡名高岩渡，渡口附近有滩名龙吟滩。"洪雅八景"有三景在此，即"临江晚渡""龙吟春雨""犀牛望月"。时至今日，纯阳院残剩两殿，风雨飘摇；回澜古塔，七层已去其二。山下高岩古渡也被青衣江大桥代替，只剩"高岩义渡"4字，表明了昔日的地位。龙吟滩之险，已是过去的故事了，为此而建的镇江庙及供奉的李冰神像自然也杳如黄鹤，不复返也。

五、石笔定洪州

洪雅县始建于隋开皇十三年（593），之前为北周洪雅镇。洪雅县得名是因洪雅川（即青衣江），另有一种说法是洪雅县中的"雅"字与雅安的"雅"字同源，均与李冰在青衣江凿离堆有关。洪雅建县后，城址一直在今地。文人附庸风雅，有评语道："环山带江，佳气秀发，峨眉、瓦山固护于外，月珠、洞溪回绕其中。"

据《洪雅县志》载：李蓝起义时，义军曾路过洪雅而未攻城，事情如此之怪，因而洪雅民间传说：当时的知县大人明知寡不敌众，为保住县城而拿出了几千两银子"勾兑"，让义军绕道而过。事后为了蒙混上司，便授意师爷创作了一个故事，说是夜间洪川老祖显灵，手拿石笔横扫义军，使义军不敢攻城。又还编了一首民谣道："石笔定洪州，万年永不休。任随天下走，此地并无忧。任随天下旱，此地有丰收。"从此"石笔定洪州"的神话就流传了下来，县衙门水池中也就有了一支石笔挺立。数十年后，石笔迁到了东门外，一直挺立到1958年，直到它成了拓展公路的障碍而被拆除。20年后，好事者又重立石笔于东门外，自然较前气派多多，可是半新不旧、画蛇添足的造型却难以令人想起当年县大老爷暗中"勾兑"的故事。

洪雅城南的清代雅雨楼，现已不存。　1992年3月27日

洪雅县既处平羌江道之上，历代为土特产品集散地。在宋代已有茶市，到清代取代峨眉，成为乐山茶叶中心。其一县茶税有两千七百多两，占全嘉定府茶税三千八百两的大半。洪雅之茶与五通桥之盐齐名，从而有了"犍为之盐，洪雅之茶，商车贾舟，络绎相寻"之说。城南南坛街则是重要的水码头，以洪雅茶为主的土特产品由此或上或下，成了提高南坛街知名度的本钱。

洪雅又盛产雅连（黄连的一种），质地优良，早在李时珍《本草纲目》中就有记载，说是："今黄连吴蜀皆有，唯雅州和眉州为最良。"所指即洪雅黄连。传说瓦屋山和尚很早就把野生雅连引为家种，并为瓦屋山人治病，无不效验，人称"仙草"。现在洪雅一县年产雅连达三万多斤，远销非洲、南洋群岛,已是名声在外。故洪雅有"雅连之乡"的称号。

更引人注意的是,洪雅县是全国四大牛市之一,买卖耕牛,捎带"供五脏庙"的菜牛,年上市量达一万多头,百分之七十卖的是洪雅水牛。洪雅水牛专称"雅牛",每当五月初牛市开张,牛贩子们群英荟萃,牛市上你来我往,袖笼子里头捏指拇儿,讨价还价,热闹非凡。此外,洪雅所产"雅河猪"也小有名气,还列入了《中国猪种》一书,向以皮薄肉嫩,瘦肉率高著称于世。

洪雅县传统风俗保留得较多,影响最大的要算五月台会了。五月台会前身是洪雅县城5月28日的城隍会,从清代已经开始。本来只不过是各乡镇

洪雅县城中的耕牛市场,现已不存。　1994年7月

洪雅五月台会彩车平台　1992年9月

庙会时的平台表演艺术，每会多者几十台，少者十几台，年年举办，已有几十上百年的历史了。

新中国成立后洪雅台会在继承历史传统的同时，吸收高桩台会的形式和灯会夜间出会的特点，并变人抬为彩车平台。1986年，台会正式命名为"洪雅五月台会"，开始与物资交流展销会结合，逐步发展成为今天文化与经济相结合的新型五月台会，多次参加乐山龙舟会，为嘉州古城增色不少。

六、竹箐关

平羌江道出洪雅县城西门后，往西经马湖山，从马湖渡过青衣江就到了江南的安宁坝子。马湖渡又名节娥渡，在宋代名鸡鸣渡。史载有一娼妓之女不堪其母之淫乱，到此渡投江而亡，"土人谓之节娥渡"，为不"淫乱"的女人们立了个无形的贞节牌坊。坝上王华村一带近年来出土了不少新石器时代的磨制双肩石斧，当地农民见惯不惊，称之为"鞋底板石"了事。1987年，中国社科院考古所曾到此大动干戈，收获颇丰。这类石斧的分布是沿青衣江上至雅安，下至乐山，可见早至新石器时代，就有一支民族沿平羌江道迁徙开拓了。

坝子上有一庙名五龙祠，《洪雅县志》载："七月八日祀唐巴川令赵延之。商贾辐辏，货物云集，自一日至十日方罢。"商品交易活动与社神祭祀活动相结合，可知"文化搭台，经济唱戏"的"文经结合"模式古已有之，今人何足道哉。

坝西南是宋代洪雅五大古镇之一的止戈镇，《天生城碑记》载："世传汉昭烈与武侯会军于此，雍闾宾服，干羽遂停。"就是说刘备与孔明跑到这儿开神仙会，结束了南中之战，故名"止戈"。任乃强老夫子还认为最早的洪雅城就在这止戈街上。当年青衣江上的水码头，此地也算一个。止戈历史虽老，但留下的老古迹不过清代的火神庙、五显庙戏台几座罢了。

止戈镇南，花溪河与青衣江交汇处有一山兀立，那就是有名的皇城山，三面环水，形势险要。山顶平坦，地名"千秋坪"。明末，张献忠四大义子孙可望、李定国、刘文秀、艾能奇在张献忠死后，联合明永历帝抗清。永历六年（1652）分三路攻入湖南、广西、四川。刘文秀一路引兵入川，收复了四川大部分地区，逼吴三桂退守汉中。黄宗羲称："此次战役……两蹶名王，天下震动，此万历戊午以来，全盛之天下所不能有。"

大西军天生城遗址千秋坪　1995年6月7日

永历九年（1655），因孙可望叛变，刘文秀不得已南入云南会师李定国击败孙可望。永历十年（1656），刘文秀因功被永历帝封为蜀王，又重提师再入川。因千秋坪"带砺金汤，无劳凿筑"，选其为抗清复明的根据地，大兴土木，修筑王城，名之为"天生城"。永历十二年（1658），吴三桂攻陷重庆，刘文秀退出四川，不久病死遵义。其遗表尚不忘抗清，恳请永历帝入蜀，用十三家之众恢复中原。

天生城筑成后，刘文秀部将刘跃作《蜀王睿制天生城碑记》，记载修筑天生城事由始末，慷慨悲歌，有诸葛武侯出师表之忠。一年后，刘跃又于马颈岩上立了一通高3.6米的大碑，录天生城碑记全文，世称"蜀王碑"。若干年后，清代仁寿县"教育局长"洪雅老乡李若沆访得石碑。细读之后,泪洒荒丘,留下一首诗云:"销磨风雨蜀王碑,万马南来欲帝谁。千丘叠叠余芳草,八面青青冷翠旗。为剔苔痕声已咽,不堪重听话流离。"

如此名碑,不料竟然在大跃进时被公社社员们打翻在地,分割为50个礤墩,拿去修生产队的公房去了。现经八方搜找,总算找到48个,七拼八凑,凄凉地面对后人。而天生城只留得几处敌楼、马道、哨台遗迹和长约50米、高不到1米的城墙,聊以记录消失的史事。当年"白日有千人共守,夜来有万盏明灯"的盛况自然已成旧话。

古道前行经罗坝,罗坝为洪雅县境内屈指可数的富饶之地。汉晋时均为严道县地,东晋设开邦县,唐开元七年至八年(719—720)设平羌县,宋为荥经县易俗乡。设县为时虽短,毕竟是洪雅境内最早设县的地方,历史可谓悠久。

《舆地纪胜》载此地有一通张道陵碑,为汉灵帝嘉平二年三月一日立,言之凿凿。不过,汉灵帝无嘉平年号,或者是熹平之误。此碑在《隶续》一书中题为"米巫祭酒张普题跋",《墨宝》一书则云:"摩崖碑,有六七十字。"内容为五斗米道结社传授天师道法之事,内中有祭酒、鬼兵、天师等道家用词,是研究中国早期道教的极其重要的资料。

然而,现罗坝镇内只有几座清代建筑了。最有名者为灵官楼,楼处镇街中心,向为罗坝镇的标志性建筑。镇外有一古墓,据载是田锡祖墓,今人试作调查,果然为宋代石室墓,堪称胜迹,虽然不一定与田锡有关。

田锡是洪雅前无古人,后无来者的大人物,范仲淹评价说:"天下之正人也,言甚危、命甚奇,尽心力而弗疑,终身而无违。"司马光、苏东坡皆有文另加评说。田锡著有《曲本草》一卷，为我国最早介绍曲和曲酒的专著。书中介绍了十五种酒的配曲，介绍了号称用上百种药配制的"百药曲"，真正算得上"酒文化"。罗坝一地有了洪雅名儒田锡祖墓及其读书遗址，增色不少。

从罗坝溯江而上，便进入著名的竹箐小三峡。《舆地纪胜》记为"金马峡"，明清时称为"龟都峡"。每年秋冬春三季，峡中江水碧如琉璃，倒影两岸，杂树野花，飞禽点点，恍若世外。迁客骚人路过此峡多有吟咏，清陈一津曾作《舟行龟都峡中》诗道："十里万雷鸣，空江水乱惊。天回双树僻，岩转万花开。"道出三分峡景。

上峡止水岩在《舆地纪胜》中有载："两山壁立，飞泉下注，垂数十丈，渚而为泉。"颇为壮观。清代维修峡中驿道，颇为艰难，现岩上留有嘉庆年间商民等捐款凿山开路的几通碑刻，碑文字中石匠某某，商人某某，都还清晰可见。

从名山而来的名山河在上峡口流入青衣江，所以地名水口。该地红砂岩石质地极其优良，坚硬耐用，所做石雕器物，千年也难风化。自古以来，四川各地雕刻石像石碑所用的"雅石"，主要就来于此地。著名的高颐阙所用石料就是雅石，所以至今高颐阙保存完好，如同新制，令人叹为观止。

峡口一山卓立，名叫龟都山，也称离堆，是四川众多离堆之一。同治《嘉定府志》发挥道："蜀称离堆者有七，夔州、苍溪、南部、乐山四离堆皆天设，惟灌县、雅州三处当为李冰所凿。"又特别强调："《史记》所谓离堆亦指嘉、雅界上言之。"即此龟都山也，乐山的是歪的。山上旧有李冰神庙，人称龟都府，昔日名气颇大，龟都山、龟都峡之名因之而来。如此神庙，天灾人祸下来，只剩得几个柱础残石，旧时盛景，今日不可见焉。

洪雅竹箐峡古道　1994年10月

洪雅竹箐峡古道石刻"止水岩"　1994年10月

洪雅与雅安交界处的龟都府，现已建成水电站。 1994年10月

竹箐关下的竹箐渡 1992年1月21日

对此离堆，陈一津有诗云："两水如飞去，孤峰独上来。"描述精彩至极。清乾隆时，雅州州官江世琳高升，同事陈钧送至此。当地人艳其事，刻"江陈二公分手处"于石，也算得一时新闻了。

竹箐峡东群山连绵，称竹箐山，以其多竹成林而名。其山为平羌江旱道所必经，古道从罗坝而来，便是从竹箐渡过青衣江的。渡口南岸山崖上还有清代观音龛一龛，龛小像陋，不注意则不知其存在。不过，作为古代人们祈求神灵保佑道途平安的象征，只要有菩萨在场，是大是小是多是少

竹箐渡口石刻"双桅杆"　　1992年1月21日

也就无所谓了。

　　竹箐山顶在唐宋已设关,《蜀中名胜记》载:"石甃梯磴,盘折而上,唐宋所设也。"明代嘉靖二十七年(1548)又设"竹箐关巡检司"。山深道险,石砌梯步,路人为之侧目。明状元杨升庵当年取道青衣江去雅安路过此关,叹其艰险,有诗道:"束马悬车地,升猱隐穴形。俯窥愁净

民间传说的竹箐关石刻守将像　1992年1月21日

碧，仰睇失空青。"清顺治十八年（1661），刘文秀部将郝承裔在此与清军李国英部进行了最后一场血战，落下了大西军在川南地区抗清战争的帷幕。

清代关废，但仍设有竹箐铺，为平羌江道上的交通要冲。现竹箐关关门已毁，剩有石板大道和守关关吏石刻圆雕像，聊作当年洪雅西大门的物证。

作为沟通嘉州和雅州的主要通道，青衣江的交通地位一直不可动摇。洪雅特产如雅连、木材等，多通过青衣江水运至乐山，雅州一带乃至康藏地区所需的盐、茶之类，更要通过平羌江道从乐山北运而来。故洪雅民歌唱道："一双脚儿嘛痒，一双脚儿嘛梭，要朝哪里梭，要朝嘉定梭。嘉定什么多，盐巴、胆巴甚广多。"水运靠船，因之民歌里也少不了船："白蜡树儿倒垮皮，你这些山歌不稀奇。我载了几船下嘉定，家里还有几抽屉。"

平羌江道往前翻越竹箐山后，沿江过名山河经水口镇而达草坝古镇，那是南丝路上著名的物资集散地，风行一时的"南路边茶"就是从乐山溯青衣江到达草坝和雨城雅安集中后才转荥经、天全两地茶厂再进西藏的。

古道前行直达雅安姚桥，在此汇入零关道而告结束。著名的高颐阙就坐落在姚桥，阙为墓葬石阙，为汉代益州郡太守高颐之阙。历经千年风雨，已然成为平羌江道终点的标识。

第三章

阳山江道

峨眉縣境圖

峨邊廳境圖

古代乐山通往凉山地区的南丝路支线是出嘉州城西往峨眉经峨边到甘洛、汉源合入零关道止，自唐代以来，因该路走向沿大渡河而设，大渡河又称阳山江，故蓝勇称为"阳山江道"。其后，或称"中镇道"，或称"镇西驿道"，或称"峨眉后路"等，是一条路途艰险的交通要道。

安谷远眺

一、苏稽铺

古道出嘉州城瞻峨门始，沿大渡河北岸而行。城下地名西湖塘，那是因为清代以前此地尚是湖——西湖。湖分大西湖和小西湖。明《嘉定州志》载：大西湖"大二十亩，水平如镜，可以泛舟"。湖与大渡河仅隔一堤，堤上有石拱桥通行，桥名永济桥。州志又载："又有小西湖，相距二百余步，大仅前湖三分之一。"明代嘉州老乡任有龄离职回老家，还在小西湖边修筑"明湖书屋"，与满湖莲花相伴，死后也安葬湖畔，立石柱以为标识。

清代晚期，大小西湖逐渐淤塞，小西湖首先被改作了稻田。到民国时，乐山县教育局则把大西湖租给了军队，填作操场，地平如席，可下洋操。原与大渡河相隔的大堤也改成了公路，堤上的永济古桥被压在路下，成了地下文物。王渔洋当年"白塔红船归去晚，嘉州也复有西湖"的咏叹，也随同西湖的消失而化为一缕云烟。

前经观斗山及北斗山。观斗山原有延祥观、先农坛，是道家的地盘。传说西汉大文人扬雄曾在此山筑室读书，建有子云亭，此山因此名子云

市中区从虾蟆口经李码头到北斗山风貌（大佛坝北望） 1994年4月

山。宋人陈兑有诗作证："延祥观是扬雄宅，好住玄门第一流。"有的史学家认为南宋末年抗蒙（元）时所筑的紫云城就在此山上，主要根据大约就是这个名称了。

扬雄本为四川郫县人，做过官，但做得不大。早年善作赋后又鄙薄不为，改行专攻哲学。其作品传世者如《长杨》《甘泉》《蜀都》，为汉赋之

市中区观斗山（子云山），现已不存。
1991年6月15日

力作；如《太玄》《法言》《方言》，为汉代哲学、语言学之名篇。人品自高，《汉书》评价说："不汲汲于富贵，不戚戚于贫贱。"为后人所推崇，故扬雄遗迹在四川处处可见。不知扬雄其人者，几乎要把他当作一位古代的旅行家了。

驿道在北斗山经过时，可见一座红砂石牌坊横跨于道上，那是清代晚期所建的节孝总坊，纪念着乐山那些贞妇烈女们。个头虽然不大，但已是乐山古城唯一的一座石牌坊了。其旁旧有寺名露济寺，清代设有接官厅，应付那些从北方来的公仆。

古道上的北斗山清代节孝总坊　1991年6月15日

北斗山古道旁的黄葛树，现已不存。
1991年6月15日

市中区张沟上的清代赛公桥，现已不存。　1991年6月15日

古道前经斑竹湾，那是岷江道、阳山江道两路要冲，临河碥道至今尚存。湾内有溪名张沟，溪汇入大渡河，溪口原有的清代石桥已加宽为公路桥，行人路过，浑然不觉。斑竹湾昔日渔舟酒肆，古道行柳，赵熙诗云："斑竹湾头客散迟，小船炊火集渔师。西行是入峨眉路，一角篱花露酒旗。"正是一处行旅歇脚的好地头。

斑竹湾大渡河畔的古碥道　1991年6月15日

185

①斑竹湾大渡河畔的古碥道　1991年9月17日
②斑竹湾古道渡口（从大佛坝北望）　1991年10月上旬
③斑竹湾渡口旁的日式建筑　1991年6月15日
④肖坝清代马湖桥，现已不存。　1991年6月3日
⑤肖坝通往草鞋渡的清代叶善桥，现已不存。　1991年6月3日

　　古道翻过美人坡，经马湖桥，便在草鞋渡与平羌江道分途。此段距离并不长，但翻山越岭，曲折迂绕，故民国二十四年的《路工记》碑载道："州西密弥峨眉，自斑竹湾至草鞋渡一段，山路险绝，行旅苦之。"碑中顺便记道："其时盛传中央定嘉州为川南名胜所在。"今天的"国家级风景名胜区"云云，看来早有所本了。

　　昔日斑竹湾至美人坡沿途植有麻柳树，百年老树枝叶繁荣，遮荫蔽日，行走其间，可忘路途疲劳。今日有路无树，一坡荒凉，美人坡之美名是一点儿也联想不起了。

坡下河坝称肖坝，坝周丛山中有一大崖墓群，因之也称肖坝崖墓，为乐山四大崖墓群之一。崖墓数量多达1000座，大的墓室达24个，墓室高达3米，宽达24米，全长达31米。肖坝崖墓有两大特点：一是建筑雕刻中门阙数量极多，或在墓门，或在墓内，总数不下25座。阙基本上都是双阙，形制多样，装饰华丽，为四川崖墓所少

青衣江上草鞋渡（已废） 1991年9月17日

肖坝东汉崖墓 1999年4月14日

有。二是文字题刻丰富多彩，有文字题刻的墓不下24座。且每幅文字字数在10字以上者有5幅之多，其中"建和三年"题刻字数达五十余字，为四川崖墓之最。有年代的题刻也多达6幅，其中"永平元年"题刻是乐山崖墓，也是四川崖墓中年代最早的题记。最为人们熟知的则是"延熹二年"题刻，1940年被杨枝高发现并传拓后，便流传海内，声誉日著，成了肖坝一宝。

前行草鞋渡为青衣江口的一大古渡，在宋代称为燕渡。传说明末战

肖坝东汉崖墓　1999年4月14日　　　　肖坝东汉台子洞崖墓　1999年4月14日

乱，明官军为防止张献忠农民军追击，制作了许多大草鞋放置在渡口，使张献忠部队疑有神兵而不敢渡，故后人称之为草鞋渡。草鞋渡水道散乱，舟渡不易，宋代范成大朝峨眉山就经此渡西去，后在《吴船录》中感叹道："水汹涌甚险。"明代王士性万历十六年（1588）过此渡也说是："乱流而渡。"约三百年后的光绪十年（1884），刘光第路经，同样说是："水势陡急，只一舟往来，船价人四文钱，颇难过。"故民谚道："走尽天下路，难过草鞋渡。"

明代渡口为官渡，有渡夫两名，吃的是皇粮。又设中渡铺，有司兵两名，同样是铁饭碗。过渡后为一大平坝——罗李坝，经此坝沿峨眉河而上，可达被范成大称为"颇类壮县"的苏稽镇。

到民国时，横渡青衣江的主要渡口已北移到徐浩渡，草鞋渡便成横舟野渡。秋风瑟瑟之时，两岸芦花荻荻，另有一番风味。而徐浩则变为驿道上的要津，陈洪范当年在乐山广设义渡，徐浩渡也在其列。值得一提的是，在徐浩青衣江边的象鼻山上，有一处传说与扬雄有关的遗址，名"太玄洞"。其实那是一座标准的崖墓，只是不知何年何月何人在洞门上刻上

①肖坝东汉崖墓中最大的台子洞　1999年4月14日
②肖坝东汉崖墓，正在新建通往大件码头的大件路。　1996年5月24日
③青衣江东岸徐浩尖山子，因修金水湾车道现已不存。　1991年6月1日
④青衣江东岸徐浩尖山子唐代摩崖造像立佛，现已不存。　1991年6月1日
⑤青衣江东岸徐浩尖山子唐代摩崖造像，现已不存。　1991年6月1日
⑥青衣江东岸徐浩尖山子唐代摩崖造像释迦牟尼佛，现已不存。　1991年6月1日

了"太玄洞"三字，山也便成了扬雄山，并载入方志之中，成为一方名胜。临江尖山子还有唐代佛教造像数龛，昔保存欠佳。

苏稽镇夹峨眉河而建，其得名有三说。一说是苏东坡先祖唐代人苏颋在此稽留之故；一说苏稽是个人名，此人又叫苏启，因隐于镇外山上，故山名苏山，镇名苏稽；一说是苏东坡曾在此"稽古"（相当于今日的"考古研究"），故名，相传明弘治年间有个当官的在荻坪山挖得苏东坡的遗砚，俨然有了考古学上的证明。此外，峨眉河在此又称为苏溪，据说也是因苏东坡之故。反正，可靠的文献记载，在唐代就有苏稽了，时称苏稽戍。宋代设镇，也名苏稽，为龙游县四镇之一。

范成大当年游峨眉山，路过苏稽，打了一夜旅馆，有诗道："送客都回我独前，何人开此竹间轩。滩声悲壮夜蝉咽，并入小窗供不眠。"一夜稽古，弄得失眠了。

苏稽镇由苏稽、葛老、沙嘴三场组成，王大法师家佑为此大发高论云，苏稽三镇本名应为"蜀邦""仡佬""汉人"，蜀邦是郪王之后，仡佬是仡姓之僚。三个民族共处一地，"实民族团结融合的历史佳例"。实际上此说又成了苏稽得名的第四种说法。现在苏稽、沙嘴之名尚存，而葛老已改名为新桥，失去了一个极有史料价值的地名。

苏东坡稽古之事存疑，但另一位大文人郭沫若到过苏稽则有书可证。郭沫若原配夫人、外号"黑猫"的张琼华就是苏稽人，郭沫若从成都专程回家，婚姻被父母包办，"隔口袋买猫儿"，遇上了个大不如意的新娘，虽不满意这一婚姻，但还得回门去"黑猫"娘家。几年前在乐山读书时，郭沫若曾来游过，作《苏溪弄筏口占》诗道："临溪方小筏，游戏学提

苏稽镇葛老场杨码头，从西南往东北看。1994年8月3日

苏稽沙嘴街与新桥街（半边街）连接处 1998年10月14日

苏稽葛老场杨街街，名医陈鼎三故居，现已不存。1998年10月14日

①苏稽沙嘴场横街子（由东向西看），"张吉武米花糖"所在地。　1998年10月14日
②苏稽沙嘴场横街子（由西向乐看），"张吉武米花糖"所在地。　1998年10月14日
③苏稽清代南华宫，时为养猪场，已不存。　1994年8月3日
④苏稽葛老场新桥街（半边街）民居　1998年10月14日
⑤苏稽葛老场新桥街（半边街）民居　1998年10月14日
⑥苏稽葛老场新桥街（半边街）民居　1998年10月14日
⑦苏稽苏稽场河街客栈　1998年10月14日
⑧苏稽连通葛老场和苏稽场的清代茹公桥(大石桥)，远处为杨码头，从西北往东南看。
　1994年8月3日
⑨苏稽连通葛老场和苏稽场的清代茹公桥（大石桥），远处为上荻坪山古道，今已改为水泥路面。
　1991年6月3日

193

孩。剪浪极洄洑，披襟恣荡推。风生荇菜末，水激勃鸿媒。此地存苏迹，可曾载酒来。"本次与"黑猫"同来，早已诗兴全无，把麻子岳父应付完后，只得"摊开昭明太子的《文选》，读到天亮"。

作为古镇，镇上老街老房子尚有保留。杨码头的3家四合院临峨眉河而建，颇具气势。穿苏稽场而过的峨眉河上，现存一石板平梁桥，建成于清道光二十五年（1845）。全长达93米，共有17孔之多，均用雅石筑成。所用雅石大者长五六米，重约三四吨。如此之巨，可想见当时从青衣江船运而下的壮观景象。历年洪水，都没有将桥冲毁，此桥可算是乐山境内最长的古桥，堪称阳山江道第一桥。

苏稽场河街民居，部分拆除。 1998年10月14日

苏稽荻坪山麓峨眉河畔的清代朝阳洞 1991年6月3日

桥西峨眉河边荻坪山，古代又名桂香山，山腰有岩洞一座，明代所建，名为"朝阳洞"，祭祀着儒、释、道三家人物。清代在洞内绘壁画，有"峨眉山朝圣图"等题材，表明了苏稽一地确为乐山去峨眉山的要地，此图可算是峨眉山在古道上的一幅广告。

古道离桥后直上获坪山，山顶平坦，故李调元路过作诗云："获坪山上平如掌，一路人家白蜡多。"乡民回忆，过去上山石阶有108级，山上古道全为石板所铺，路边还有茶店子向游人出售着一个铜钱一碗的大碗茶。在古道旁尚有隋唐时期的窑址一处，堆积相当厚，乡民称为"瓦子堆"，说是古代蛮子烧碗的地方，或许与葛老场的"蛮子"有关。

下获坪山后溯峨眉河而上可达寨子山，"嘉定四谏"之一的程启充墓就在此山上，是四位明代嘉定乡贤中硕果仅存的一座墓。土冢、祭台、护墙依然可见，有碑落款为"咸丰三年（1853）"，当为其后裔所立。墓虽在，但时时被盗墓贼光顾，程夫子地下有知，不知作何感想。

苏稽特产当数"嘉定大绸"和"嘉定素丝"。乐山生产丝绸历史悠久，有明确文献记载的是唐代《元和郡县志》，说嘉州赋为"绢绵"。宋《太平寰宇记》记载更明确，云："土产水波绫，乌头绫，上古贡。"可知唐代乐山已有丝绸名特产品。到清代前期，苏稽丝绸业兴起，《嘉定府志》载："有宽至二尺余者，曰贡绸；其不及二尺者，曰土绸，土绸之佳者，俗谓之邓阳绸。"晚清顾印愚《府江棹歌》诗道："映江十万女桑枝，桑女蚕筐正及时。日对澄江剪江练，嘉州争市邓阳丝。"可知邓阳绸已是名声在外，不愁销路了。其后，邓阳绸再发展提高，就成为著名的"嘉定大绸"。

嘉定大绸以当地产素丝为原料，采用传统"水织法"以木机织成。该绸紧密绵软，透气凉爽，一袭在身，清爽舒适。到近代已远销香港、澳门、缅甸、东南亚一带以至欧美。抗战时还作为制造降落伞的材料，为中国人的卫国之战作了点点贡献。

嘉定素丝即"黄丝",也是主要的外销产品,《嘉定府志》载:"其粗者谓之大夥丝,专行云南,转行缅甸诸夷。诸夷人货自云南,斩切为茸,持去不知所用也。"黄炎培有诗记道:"黄丝丝,白丝丝,苏稽市上如云。"真是生意兴隆。

由于丝绸的畅销,苏稽一带成为丝绸业的重要产地,清代乾隆、嘉庆时,"家家养蚕忙,户户织梭声"。民国时,苏稽四乡居民约八百户,就有百分之六七十从事丝绸纺织业,号称乐山的丝绸之乡。

抗战时,西南联大教授曾昭抡路过,有文记道:"许多年以来,苏稽素以产丝闻名西南,所谓嘉定出产的丝,实由此处而来。川省丝料贸易,即以此处为中心,有名的成都锦被,用的也是此处的丝。"又记苏稽风貌说:"讲起市面,此处或较县城更为繁盛……车子路过的时候,附近平地上,见有桑树不少。"苏稽完全是个蚕桑世界了。

苏稽嘉定绸厂大门　2001年10月23日

新中国成立后，保留"嘉定大绸"传统工艺的嘉定绸厂和生产"双江素丝"的双江丝厂均成为有名的企业。1964年朱老总视察嘉定绸厂，评价颇高。

苏稽嘉定绸厂收藏的部分旧纺织工具
2001年10月23日

嘉定大绸和素丝外销多通过马帮取道阳山江道再转零关道南运，近代苏稽马家做大烟生意，自组马帮，便以丝绸走此道换取烟土牟利。也由于此，苏稽一带烟毒流害。黄炎培路过，触景生情，叹道："滑竿儿，来去匆匆，十个劳工，九个烟容。临上征途吸一筒，

苏稽嘉定绸厂产品"嘉定大绸"包装箱
2001年10月23日

算流差命合穷。君休问，西场水口，百盏灯红。"一条丝绸之路，带来的岂止是好处！

从苏稽溯临江河而上，是通向峨边的另一条古道。临江河水势平缓，晶莹碧透。民国前，二峨山伐木扎排放漂，还靠临江河而入大渡河。临江河特产临江鱼，县志载："每岁春水发时，产细鳞鱼，长寸许，味美，人称临江鱼。"方志载："亦名武阳鱼，鱼大如针，一斤千头。"美食家云可与墨鱼、泉水鱼鼎足而三分乐山天下，不信就去临江尝尝。

古道旁有东坡院，未毁时有前后三殿，第一殿为观音殿，第三殿为东坡殿，殿内供奉的却是东坡、吕纯阳和龙王三太子。东坡与吕祖、龙王三

太子伙在一起，倒也少见。明清行旅多爱造访，游记中往往少不了一笔。今日只剩其遗址，尚存残碑一块，上有草书题刻"白云深处"，说是苏东坡手迹。其实碑有上下款，分别为"吕祖题""道光二十八年"等内容，与东坡无关。

古道旁的肖山、双塘、蜂儿洞山、雷脚山等地，都有不少崖墓。其中双塘崖墓多达一百九十余座，大中小型墓均有。几座墓内还有不少的画像石刻，内容有神兽、跪羊、瑞鸟、龙虎图等；也有文字题刻，内容是"元初五年""建安七年""王进记""许伯令"等。有一座大型的六后室墓在唐代还改造成了佛教石窟寺，墓门、墓内壁残留若干佛教造像，尤其是供养人像有相当的价值。由于造像中"白观音"十分突出，所以老百姓称之为"白音洞"。

此古道中经二峨山下的唐宋绥山县城遗址羊镇场后，可达罗目镇与阳山江主道相汇。顺临江河而下则可通往大渡河，经水口镇与阳山江道水路相通了。

二、镇子场

古道前行途经高山铺，是明清时的驿铺，据说唐代有驻兵的哨卡。该处河边山崖之上，有崖墓若干座，或许说明东汉时有汉人聚居在高山铺一带。除东汉崖墓之外，还有不少岩穴墓，个别墓尚有人物、羊、牌楼等雕刻，在唐宋时期僚人的墓葬中颇为稀罕。

高山铺以西便进入峨眉平原，这个面积达210平方公里的平原是乐山

乐山市中区峨眉界上明代三尊佛石龛　1992年5月28日

第三大平原。镇子场地处平原,物产丰富,大蒜、席草、白蜡等是传统产品。此外,因处交通要道,镇子场也成为峨眉大米最大的集散地。

大蒜称峨眉大蒜,传说某朝皇帝朝峨眉山进香不服水土,腹胀嘴烂,就靠吃此峨眉大蒜而愈。现峨眉大蒜有四个品种,以瓣大、汁浓、辛辣味强、肉质肥厚著名,而以镇子场老鹳沱所产峨眉大蒜最为有名。

席草又称灯草,是清康熙二十二年(1683)后,由麻城孝感迁来的农民带来的,因水土适宜,很快就在峨眉平原推广开来。李调元《走峨眉道中》诗云"一肩灯草人担过",说得十分形象。席草在符溪一带产量最大,清代并出现了草席市场。峨眉草席色泽鲜亮,坚韧密实,透气滤汗,不沾不腻,在川西小有名气。

白蜡是乐山峨眉一带的传统产品,在山区、平原均可放养。至迟在宋代已在乐山生产,明徐光启《农政全书》载:"四川以嘉定放白蜡最盛而鸒子于潼川。"历史上,云贵产虫不产蜡,峨眉山产蜡不产虫。所以,李调元《童山诗说》道:"峨眉县产白蜡,立夏时,从建昌买蜡虫种。用桐子叶裹置蜡树上,半月,其虫化出,延缘枝上,身生白衣,渐厚,即白蜡也。"李调元从乐山到峨眉,就见到过农民家放养白蜡的情景,作诗道:"一路人家白蜡多。"而刘秉铖更有"白蜡虫"诗全方位记载白蜡生产过程:"分封桐叶不曾怪,百万生灵命所关。借得一支最栖稳,要流清白在人间。"

去买蜡虫的蜡农叫虫儿客。每年去建昌、会理、云贵边区买蜡虫,肩挑回峨眉,称"跑虫山"。所经道路便是阳山江道、零关道,要翻越小相岭等道险处,艰苦万状。清王培荀《嘉州竹枝词》诗云:"怪他路上人如蚁,尽道嘉眉虫客忙。"

到清代晚期,由于石油的输入,白蜡的需求量大大下降。《中国近代手工业史资料》说:"前不多年从建昌峡谷挑运蜡虫到蜡树地区需要上万的脚夫,到1884年,建昌供应的蜡虫,有一个脚夫就能挑运了。"白蜡生产到了破产的边缘。后到清末民国初年,由于发现了白蜡的新用途,白蜡生产方复苏日盛。

同时,镇子场又是开发很早的地区,在镇子场一带,新石器时代的遗物常有发现,如石斧、龟背形刮削器等。到战国时期,便成为蜀人的聚居区,20世纪60年代以来,村民在此耕作,挖出了大量的巴蜀式青铜器。1972年省博物馆进行考古发掘,断定为一处重要的巴蜀文化墓葬。出土器物中,铸有巴蜀图语的戈、剑、矛等精美绝伦。其中的双鞘短剑,是蜀人专擅的一种飞剑,十分罕见。该地又发现过汉代砖室墓,并出土了砖铭为

"建武十年"的墓砖，是乐山不多见的汉代铭文砖，此墓是乐山少有的东汉早期墓葬。由此也证明符溪在汉代是汉族人聚居的地方。

镇子场正名是符溪镇，在宋代又称符汶镇，与苏稽一样，为龙游县四大镇之一。范成大路过，说其"市井烦沓"，有诗云"县古林深槐瘿高"，似乎这里就是一个古县。故有宋一代，符溪镇颇为繁荣，文化发达而出名人，号"符溪子"的进士薛绂就是其中之一。薛进士好读书，有书室号"则堂"，魏了翁有诗赞道："卓哉符溪老，吾道资御捍。万殊错标中，独识一理贯。"有联道："峨岭秋寒千古意，符溪春暖一筒诗。"而撰写《郡斋读书志》的晁公武，本为山东人，其墓却在符溪小石桥。作为宋代著名的目录学家，得与李白、苏东坡同列入嘉州寓公庙中，被后人祭祀。

从新石器时代开始经战国两汉南北朝唐宋明清，符溪镇历史文献或文物不断，这在嘉州各镇中也属罕见。可惜乡民口中能提到的，只是一座径山寺而已。寺在古镇之南，寺名"径山"，有解释者云，游峨眉山必经之地也。反正是从乐山城到峨眉山的正儿八经算是峨眉山的第一座寺庙，故民间有"先拜径山寺，后拜峨眉佛"之说。据传宋代峨眉山三大高僧之一的别峰曾在此驻锡，宋英宗因之有《望峨碑》《别峰碑》，陆游因之有《别峰禅师塔铭》，为古寺增光添彩。

明代，设古城铺，镇东小山丘也名古城山。民国《乐山县志》认为，隋唐绥山县治就设在此地，从而留下了古城镇、古城山的地名。民国《乐山县志》载："镇子场，旧名古城镇，居民百余家。商业灯草、米、席子。为乐峨往来通衢。"指明了镇子场在阳山江道上的重要地位。

峨眉山从隋代始建县以来，符溪镇除明代300年间属于峨眉县以外，其余一千多年的时间都是乐山的地盘，直到1958年才最后划归峨眉县。处在峨眉平原而在漫长的岁月中不属峨眉县管辖，这真值得史学家们好好研究一下。

从符溪沿平原东侧往南行，可与从羊镇场来的临江河古道相汇于罗目镇。据刘君泽考证，这是阳山江道的主线，他在《峨眉伽蓝记》中写道："自乐山入峨边必经此地，今乐西路成，而古道人稀也。"这一带均出土过石器，确说明很早就是古人活动的地方。只是乐西公路建成后，昔日光景不再了。

该段阳山江道上，先后设有绥山、罗目两县，两县的设置迁徙包含的信息有着深刻的意义。当汉政权恢复了在今乐山的统治时，峨眉一带仍为僚人的天下，故对僚人的控制成了当局最为头痛而又不得不过问的大事，事关阳山江道的畅通并涉及对云南诸部落的联系。因此，早在北周时便沿阳山江道在峨边设立了洮和戍。在隋大业十一年（615），则沿阳山江道设置了绥山县，其县治便在今二峨山北麓临江河边古"荣乐城"（羊镇场）。到唐麟德二年（665）又于沙坪新设立了沐州和罗目县，其目的之一都是为了阳山江道的畅通。

绥山县因绥山而名，经唐、五代，一直到北宋乾德四年（966）撤销变成绥山镇为止，足足有351年设县的历史，算得上是嘉州古县之一。其时县境广阔，往南直至马边河，著名的铜山也在其境内。其后的绥山镇继承其历史地位，也便成了宋代峨眉县五镇之一。再后，绥山县治绥山镇所在的羊镇场逐渐荒废，被后来兴起的九里场所取代。

九里场位于临江河、沙溪河汇流处，有舟楫之便。因此，峨边、高桥、二峨山等地所产木材多旱运至此，再扎成木排经临江河水运至乐山、宜宾出售。凉山的药材、山货，犍为五通桥的盐巴，附近土特产品也在此集散。九里自然是商贸发达，俨然一大水旱码头。也因交通之便，新中国成立后，九里厂矿密集，什么峨眉水泥厂、峨眉铁合金厂、岷江电厂、建南机械厂不一而足，使九里成了乐山屈指可数的工业区。

临江镇外临江河上的河卵石竹笼墩桥 2001年3月1日

九里镇民居　2001年3月1日

临江河畔的九里古镇　1991年8月30日

九里镇民居　2001年3月1日

罗目县在唐上元二年（676）一度撤销，但两年后的仪凤二年（677）即又恢复，治地设在洇和城，如意元年（692），又迁到大渡河边上，即宋代著名的中镇寨。后蜀明德三年（936），因僚人反抗，县治迁至峨眉临江

203

河边的罗目镇。到宋乾德四年（966），绥山县并入了罗目县。不多久，罗目县也并入了峨眉县变成罗目镇，成为宋代峨眉县五镇之一。

但不管如何变迁，罗目、绥山两县县治均在阳山江道上，这说明阳山江道在当时是何等重要。罗目街多次出土过宋代瓷器、铜器、铁钱窖藏，几十件青瓷和16吨重的"钱山"散发出古老的光泽，似乎在诉说当年的历史。

罗目镇一度又称青龙场，或许是多民族融合之地，女人多有人才，故当地民谚说："青龙九里一枝花，河兰二坝赛过她。雷镇二场麻子花，苏稽水口牛屎粑。"

峨眉罗目古县遗址—罗目街　1994年8月3日

峨眉罗目镇清代南华宫，现已不存。
1991年8月30日

罗目镇背街民国年代的民居
1994年8月3日

从罗目通往二峨山的猪肝洞的铁架桥，现已不存，山已成了九里区水泥厂的矿山。
1994年8月3日

绥山、罗目两县成为历史的遗迹后，只是在罗目县城留下了人称"罗目街"的古遗址，一直到今天。

在罗目南临江河南岸是三峨中的二峨山，古称绥山，因山体形状似覆蓬的荷叶，又称覆蓬山，其历史似乎比峨眉山还早。

《列仙传》载：西周成王时人葛由"好刻木作羊卖之。一旦，乘木羊入蜀中，蜀中王侯贵人追之，上绥山……随之者不复返，皆得仙道。"后人对葛由崇拜最烈，唐代陈子昂有诗云："飞飞骑羊子，胡乃在峨眉。"李白也有诗道："倘逢骑羊子，携手凌白日。"至唐代，则有吕洞宾到此弘扬道教，"昼游龙门，夕宿猪肝"，纵横驰骋于大峨二峨之间。北宋道家气势大盛，建有葛仙洞、黄花庙、玉皇观等。明清发扬光大，又建了清虚楼、三皇殿、老君殿、纯阳楼、紫芝庙等，二峨山道观一时殿阁重重，宛若仙境。

二峨山北麓有小山岗叫白羊岗，据说就是当年葛由骑羊上绥山路过之处，也是登二峨山绝顶必经之途。清代沿途有龙神堂、灵官楼、宝藏堂、石龙寺、白衣庵、华光殿、普贤殿等寺庙。山顶有天池、葛仙洞、玉蟾洞、烂柯洞、李仙洞等等与葛由、白玉蟾、阴长生各路神仙相关的仙迹。山脚有鱼洞、干洞。如此等等，二峨山因之可称仙山。

到今日，山下仍有吕洞宾所书刻的紫芝洞碑，山上仍留当年道观遗址。著名的猪肝洞仍在，洞因顶上有一钟乳石似猪肝而得名。其石在神仙簿上的名字叫"紫芝"，故该洞又名"紫芝洞"。据说吕洞宾隐居洞中，不食人间烟火，全凭"紫芝"上滴下的神水修炼，最终羽化登仙。洞旁榜书"洞府天成"横幅大字摩崖石刻，是明代嘉靖年间整修阳山江道的富好

峨眉二峨山清代高枧石佛　1994年8月3日

峨眉二峨山明清道观遗址　1994年8月3日

峨眉二峨山明清道观遗址　1994年8月3日

峨眉二峨山猪肝洞　1994年8月3日

峨眉二峨山猪肝洞
1994年8月3日

在一条小溪边发现的二峨山明代"紫芝洞"石碑，现已失。 1994年8月3日

猪肝洞外有吕洞宾题款的残碑 1994年8月3日

礼所题，搞不好就是此公检查阳山江道时，随便玩玩而留下的"到此一游"的存根。

二峨山以产仙桃出名，民谚说："得绥山一桃，虽不成仙，亦足以豪。"李调元也为之垂涎三尺，说："绥山之桃，延年之实，足媲甘露之膏。"真可谓仙山仙果了。民国时，

二峨山猪肝洞上的明代石刻碑记"洞府天成春山题" 1994年8月3日

山有桃园，万余株桃树当春盛开，宛然一景。

二峨山主峰高1909米，或为仙山之故，山上云幻雾迷，气象万千。乡民常以之占验晴雨，什么"绥山明，天气晴，绥山蒙，雨蒙蒙"；什么

"二峨山不戴帽，大峨山杜自照"。刘君照有《报国寺外望二峨》诗道："入山占晴雨，二峨戴帽无？"对此信之不疑。

三、天下名山

阳山江道支线所经峨眉城位于峨眉平原西部，峨眉城虽建成于开皇九年（589），但县治定于今地是在唐乾元三年（760），明正德七年（1512）始筑城墙，经数代增修，到清雍正九年（1731）后方形成周长658丈，城门7座的一座城池。1943年一场大火后，城墙被全部拆除变卖，一石无存。是嘉州诸城中"破旧立新"最为彻底的一个县城，真可上对古人，下对子孙了。城中其他古迹，不过康熙五年（1666）重建的西坡寺大殿、光绪年间丁宝桢修的峨神庙及武庙等二三处，但也破旧立新了。

峨眉山清代西坡寺大殿，已搬迁。
1994年7月8日

峨眉山元代大庙飞来殿
1992年5月28日

抗日战争时，故宫博物院七千余箱文物在1939年内迁峨眉，先后收藏于武庙、大佛殿、许祠、土主祠等处。其办事处也先后设在大佛寺和武庙，直至1946年。8年光阴，峨眉这些古建筑居然为民族瑰宝立下了汗马功劳，所以故宫博物院在回老家时，特意授予武庙"功侔鲁壁"金匾，以鼓励后人。武庙等有此光荣历史，可谓"死而无憾"了。

峨眉山城北临峨眉河，过河往北是接夹江的大道，从成都南下的岷江道陆路在夹江可分途南下，渡青衣江循此道接阳山江道，是古代的一条重要支线。道经的双福场，在清代称双福堡，为夹峨孔道，其东石岗曾发掘了一座东汉砖室墓，出土了各类石俑、石畜禽、石田塘模型等，丰富多彩。尤其是石田塘模型刻画农夫插秧的情景，生动之极，塘中鱼、鳖、螺、莲、船等，栩栩如生，充分反映了峨眉平原汉代农业水利渔业的发达。

城北两公里的飞来岗，古名龙鼻头山。山上有座著名的古建筑飞来殿。早至唐代，山上便建有永庆楼。宋人魏了翁曾为之题"永庆楼"匾。宋代始于楼后建道教庙观，祀东岳大帝，故名东岳庙，到清代，则俗称"大庙"。传说该殿为鲁班所建，后该殿不知去向，几年后才被鲁班在杭州找到，鲁班便于柱上刻上云朵，此殿即腾空而起飞回峨眉。又一种说法是此庙是盛唐时由蒲江九仙山飞来，故名飞来殿。《峨眉县志》记载颇为有趣："飞来岗，在县北九里，古名虹泥溪，滥不容涉。忽一夜风雷大作，远迩闻雷声。晨见洼中涌成岗，有殿巍然其上。"不但庙子，连山头都是新生事物。

现存建筑为元代大德二年（1298）再建，为四川现存规模最大、最完整的元代木结构建筑。经1984年维修后，高台大柱、碧瓦琉璃，倒也富丽堂皇。前檐当间两柱，彩塑飞龙仙童，盘旋飘举，生动矫健。明以后，佛

峨眉山元代大庙香殿　1992年5月28日

峨眉山清代峨神庙，现已不存。
1994年7月8日

教建筑不客气地建在该殿之旁，一重接一重，已是喧宾夺主了。

古城之南，则有仙山峨眉。南朝梁李膺《益州记》赞道："峨眉山西去成都千里，然秋日清澄，望见两山相对如蛾眉矣。"但最叫人神魂颠倒的，是陆放翁的评说："南山自长安秦中西南驰，为蟠为岷。岷东行纡余起伏，历蛮夷中，跨轶且千里。然后秀伟特起为三峰，摩星辰、蓄云雨，龙蟠凤翥，是为峨眉。"

山名峨眉初见于西汉扬雄《蜀都赋》，其后西晋张华《博物志》记为"牙门山"。故有的学者认为"牙门"即"阿门"的谐音，仍古蜀人语"牙门"的音译，即"我们的山"之意。南朝梁李膺《益州记》云"望见两山相对如蛾眉矣"，以为其山名是因其山形而然。此说一出，便成为世人对峨眉山得名的主流意见，风行于各种媒介。但赵熙则有独家见解，说是：山名应为"涐湄"，"是山当涐水之湄，眉者湄也，以水得名。"所说涐水即大渡河的别名，峨眉山临大渡河，故名涐湄。而佛家不管这些书呆子们的考证，自有自家说法。《高僧传》云："昔善财礼德云比丘时，

210

伫立妙高峰，观此山如初月现，故称峨眉。"如此，你信谁的呢？

峨眉山以其神姿，早在西汉时便引得皇帝天子们垂青，《华阳国志》引《孔子地图》说："峨眉山有仙药，汉武帝遣使者祭之，欲致其药，不能得。"东汉时，多有方士来往。其后道教兴起，为张鲁"八品游治"之第一治，称为"峨眉治"。唐代则为道家"三十六洞天"的"第七洞天"，号"虚灵太妙洞天"。以后佛教传入，展开了长达千年的佛道之争，最后佛家取胜，山便成了普贤道场。到明代号为"铜峨眉"，与号为"金五台"的五台山、号为"银普陀"的普陀山、号为"铁九华"的九华山，共列为中国佛教四大名山。

自古以来，文人墨客、官宦商贾多有登临。舞文弄墨者，最后归结

峨眉山天下名山坊，已不存。 1991年8月30日

其特色为一个"秀"字。唐代人元稹"锦江滑腻峨眉秀，幻出文君与薛涛"，便开始如此说。后蜀名僧贯休作诗云"南照微明连莽苍，峨眉拥秀接崆峒"，也重在一个秀字。明代诗人周洪谟在长诗《三峨》中吟咏道："大峨两山相对开，小峨中峨迤逦来。三峨秀色甲天下，何须涉海寻蓬莱。"作出了峨眉山秀甲天下的定评。魏了翁更直截了当，一句话说完："峨眉天下秀。"

然而，峨眉山人并不满足于此，一股脑儿地把"夔门天下雄"的"雄"、"剑阁天下险"的"险"、"青城天下幽"的"幽"都拿了过来，鼓吹峨眉山还有雄、险、幽的特点。意犹未尽，还加上了一个"异"字，并考证说"异"之评可上推到汉代，有张道陵《峨眉山神异记》可证；明代万历《建成吕仙行祠》也明说："峨眉孤清秀绝，梵宇仙踪，巍峨奇异。"其后清人陈文遴跟着敲边鼓道："西蜀诸山，独峨眉为奇。"给峨眉山戴上了一顶怪异的帽子——"荒邈诡异之峨眉"。

最后，《名山记》统而言之："峨眉周匝千里，高二百二十里，小洞二十有八，大洞十有二，石龛一百一十有二，古称三十二洞天，七十二福地。于是乎极若灵光，景物离奇，风雨晦冥，以时应现。"曹熙衡不厌其烦，历数其要点："然古往今来，事迹变幻。如骑羊而仙，歌凤而隐，刺莽以救黄冠，跨虎而渡溪涨，人之异也；龙子可掬，桫椤灿烂，雷鸣于山腰，雪积于盛夏，物之异也；洞传伏羲、鬼谷，径险鹁鸽钴天，空树老僧，定数百年，兜罗绵云，铺几千丈，景之异也。"

山上，各具特色的寺庙建筑连绵不断，体现出峨眉山自家的风格。庙宇强调含蓄和幽雅，讲究藏和隐。其依山傍势的空间组合、有机生长的平面布局、灵巧丰富的屋顶穿插，就地取材的石料、简洁的木结构、小青瓦，均表现出峨眉山特有的情调。至于每一处建筑，也各独出心裁：或如伏虎寺，龙套护驾；或如洪椿坪，山野庄舍；或如雷音寺，犹抱琵琶半遮面；或如清音阁，未见其形，先闻其声。如此等等，既有川西南村舍民居的特色，又有佛教山水园林的风韵。而报国寺、万年寺、圣积寺铜钟则已

清代报国寺山门　1992年5月

报国寺内香客　1995年10月

213

明代圣积寺铜塔 1992年5月

明代万年寺砖殿　1992年5月

是国宝了。

如此名山，早则有李白"蜀国多仙山，峨眉邈难匹"之诗句，晚则换来了张群"雄秀西南"的题字、郭沫若"天下名山"的墨宝。如此妙绝，自然使人"会当凌绝顶，一览众山小"了。阳山江道也因此神山而被赋予了神秘的色彩。

峨眉山物产以茶著名，今日人们知道"峨蕊"为峨眉山三大特产之一，却少有知道峨眉山茶在唐代就已经出名。到宋代，峨眉山已有名牌茶叶"峨眉白芽"，此茶又名"峨眉雪芽"，主产于玉女峰、兑月峰、白岩峰一带，每于清明前2至4日采摘，采时只采一叶一芽，经杀青、炒凉等工而成。陆游在嘉州时曾得此名茶，品尝之后有诗大为称道："雪芽近自峨眉得，不减红囊顾渚春。"所谓"红囊顾渚春"是当时专贡皇帝的江南名茶，陆游将之相比，可见峨眉雪芽之妙了。其味如何，是用不着问的了。

到现在峨眉茶已发展为以"峨蕊""竹叶青"为代表的系列茶，其中"竹叶青"是四川老乡陈老总所命名，赞其"形似龙井，胜似龙井"，已打着峨眉山的金字招牌，到美国、葡萄牙去拿过奖牌了。

四、高桥场

阳山江道离开峨眉平原后溯临江河而上，必经高桥。明嘉靖二年（1523）《重建高桥记》道："罗目、中镇之冲曰高桥，以桥高，故人称之。"古道从大峨山和二峨山之间南下，在高桥场进入绵绵无尽的山岭之中。临江河上有古石桥一座，名高桥，为阳山江道的必经之路。高桥在明代尚为平梁桥，"桥高三十尺，长如其高"（明《重建高桥记》），"竖

清代高桥，旁边新增加了一座混凝土公路桥。
2001年3月22日

峨眉山清代高桥　1991年8月30日

亭其上，自为覆载"（清《重建高桥碑记》），还是座可避风雨的廊桥。几经山洪，现存石拱桥为清代所建，单孔，跨度大，但拱身更高，危而不险，至今仍可作为公路桥使用。

桥南二峨山西麓有一著名古寺——灵岩寺，传为隋代所建。最早名弘莲寺，宋代改称护国光林寺，宋孝宗曾赐当时住持慧远"佛海禅师"名号。元代寺毁于兵，明洪武年间重建，明英宗赐过大藏经，明宪宗赐过"会福寺"匾，可见名气之大。明清鼎盛之时，有殿堂48重，多达1000间，绵延15里，僧众达千余人。民谚有"九处过堂（吃饭），十处烧香""月儿光光，跑马上香"之说，可见规模之大。和尚一多，每逢高桥赶场时，满街光头攒动，所以高桥场有"和尚场"的别名。据说民国时著名的无声武打电影《火烧红莲寺》便以灵岩寺为场景，拍摄得绘声绘色。

峨眉山明代灵岩寺石坊背面　1991年8月30日

现在灵岩寺只剩明代所建石牌坊一座，四柱三开间，坊上石刻精雕细琢，有二龙戏珠、瑞兽等图像，横额书"敕赐禅林"四字，系"嘉定四谏"之一的安磐所书。坊前还存石狮一对，风雨销磨，几不成样。坊后一片空地，下藏不少破四旧时埋下的石刻佛像，有待好事者去考古发掘。

①峨眉山明代灵岩寺石坊正面　1991年8月30日
②峨眉山明代灵岩寺石坊前石狮　1991年8月30日
③明代灵岩寺石坊背面　2001年3月22日
④明代灵岩寺"凤凰"和"麒麟"雕刻　2001年3月22日
⑤明代灵岩寺安磐题刻"祇园觉路"　2001年3月22日

　　灵岩寺是观看峨眉山，尤其是金顶的极佳地点。每当天晴时节，金顶、千佛顶、万佛顶横亘天际，群山一片翠绿，层层叠叠展现于眼前，舍身岩、金刚台等千尺悬崖在阳光下光怪陆离，真有"青冥倚天开，彩错疑画出"之感。故峨眉山十景中有了"灵岩叠翠"一景。今人衣瑞龙曾16次飞下金顶，想其以如此绝佳的"叠翠"为背景，真是人生一大幸事。

　　从灵岩寺往金顶之下，是一片人迹罕至的地方，有不少寺庙，诸如传为隋茂真尊者所开建的棋盘寺、唐慧觉禅师驻锡处的蟠龙寺、不到寺、罗汉寺等等，为峨眉山扑朔迷离的历史增添了大量的谜团。

古道溯刘沟而上翻越黄茅岗，岗上古道旁有清代字库塔一座。字库塔也叫"惜字宫""敬字亭"，是古人专门用来焚烧字纸的建筑，是受传统文化中"惜字如金""敬天惜字"观念影响所形成的一种习俗。字库塔源于文字崇拜和文神信仰，进而演变为一种祈福的载体。黄茅字库塔三重仿楼阁式砖石结构，高约十米，倒也身材苗条。现时草树丛生，风雨之中，宛然一景。

　　黄茅岗后为土地关，传说是当年诸葛亮平蛮时装土地神吓走了蛮兵，故有此名。明代的峨眉三大关中，土地关还名列其中。土地关位处龙池河

峨眉山清代黄茅字库　1999年6月1日

源头，以下古道大体沿龙池河而进。

前经杨村铺、白果村后为龙池镇，明代又称龙池汤，因古龙池得名。开发既早，地理位置又重要，所以任乃强夫子怀疑著名的㳨和城就在这里，唐如意元年（692）所迁的罗目县治也可能在此处。而老百姓只记得诸葛亮在这儿打退过"蛮子"，有当年插过军旗的旗岩山、练过兵的跑马坪、关过马的关马圈等地名为证。

龙池之名最早见于南朝梁李膺《益州记》，记中说："峨眉山下有池，广袤十里，号龙池。"到明代，胡世安有更详细的记载："距峨东北有龙池，四山环抱，一鉴中涵，弥漫十里许。深黝叵测，下有龙居。相传每开霁，则霞光上显，见点额大金鲤四尾及水兽龙马等物游戏其间；或澄

峨眉龙池（1994年恢复） 1995年5月9日

映处，依稀古树，参若图绘。"神而又神，令人神往。

到20世纪50年代，龙池仍长1.5公里，宽0.4公里，面积约0.5平方公里，最深处可达5米，是乐山市境内最大的天然高山湖泊。可惜在"文革"那荒唐的年代，贫下中农们在"农业学大寨"的红旗指引下，从1976年至1979年竭泽造田，排干成地了。近年人们发思古之幽情，写旅游之新篇，筑坝蓄水，龙池又重见于世。湖面虽然比以前小了，但依旧众山环抱，碧水荡漾，船行其中，发发思古之情，也别有一番韵味。

龙池古道　1995年5月9日

湖中原有一岛，史书有载："池心稍东，忽突涌一峰，秀削类江南燕子矶、嘉定乌尤山。峰上有寺名中山寺，明成化中建。"山上多奇花异木，春夏之交，游人多携酒泛舟，登临于此。现在龙池湖水已不能到达此岛，故此岛已成了陆地之丘。中山寺由乡民重建，不伦不类，有其名而无其实了。

湖北岸山势高峻，名雁云山，又名三峰山，山有清代古庙一座，供奉千手观音。刘君泽当年登上雁云山，独立寒冬，遥望中山寺，有一段好文字："胜迹堙没而山峰林薄，蔚然翕秀。池水渊澄，萍风浪起。隔池引领，不禁神驰。"读此等妙文，岂有不去龙池之理。

也许是古道运输所需，龙池出产一种良种骡子，称"龙池骡子"，体格小但驮得重，吃得少却跑得快，据说一头骡子可驮上300斤，符合"既要马儿跑，又要马儿不吃草"的高要求，在南丝路上与著名的建昌矮脚马齐名，有"龙池骡子建昌马"之说。此外，龙池还出产一种名为"龙池黑鸡"的良种鸡，体形硕大，翎毛油黑带翠绿光泽，肉质细嫩，出肉率极高，据说清代已成为贡品，孝敬过远在北方的皇帝老儿。

龙池出水河上有石拱桥一座，名扁担桥，古道经此桥南下，再经观音桥而达大围关。大围关又名大域关，是峨眉三大关之一，明代设有大域关巡检司，是一处重要关口。因此任乃强老先生认为唐代罗目县治在唐如意元年（692）就迁治于此地。清代有铺，名大围关铺。不过老百姓所谈的又是诸葛亮在此装过神，吓走了老是傻乎乎的"蛮子"们。该地龙池河上有一座著名的铁索桥，叫大围铁索桥，昔日颇具盛名。

峨眉龙池清代扁担桥，现已不存。　1995年5月9日

峨眉清代观音桥，从南往北看。　1999年6月1日 　　峨眉山清代观音桥，从北往南看。　1999年6月1日

峨眉大为镇清代铁索桥　1999年6月1日

五、沙坪渡

  古道往南登山而上，便到射箭坪，为唐代峨眉县县界，有的学者认为宋代铜山寨就是此地。传说诸葛亮南征，曾在此与"蛮子"以箭为誓，以箭到之地为双方地盘，发箭之地便是现在的射箭坪，名便因此事而来。明代重修阳山江道，在此地设有公馆，为当时的4个公馆之一。下山，大渡河横亘于前，河南北两岸自古以来就筑城立寨，为阳山江道最重要的一处关隘，河南岸称沙坪，是古道上唯一的水陆两路都必经的要隘。传说沙坪原为一小山沟，名叫罗目沟，有象妖兴风作浪，飞沙走石，使朝峨眉山香客为之却步。峨眉山上白蛇和青蛇闻讯前来，一战而胜之，并镇沙为坝，是为沙坪。看来沙坪一地，早已同峨眉山拉上了关系。

  从考古上看，沙坪人文史可早到新石器时代，有出土的石斧为证。此后又有西汉陶罐出土。有的学者还认为，诸葛亮南征"自安上由水路入越嶲"的安上就是沙坪，南征就是经阳山江道到沙坪后改走水路到汉源转零关道往越嶲的。唐麟德二年（665）便于此地新建沐州及罗目县治，如意元年（692）又再度成为罗目县县治，直至后蜀明德三年（936）。几度兴废，到宋时建中镇寨。宋人史籍载"由虚恨（意为高山后的"蛮子"）可通峨眉县中镇寨"，说明了其作为阳山江道要隘的地位。

  史载王小波李顺起义失败后，其余部经阳山江道逃到云南，朝廷为此特招募土人跟踪调查，有龙游县人辛怡显应募前往，直到大理，回来后自著一书，名《云南至道录》。说是："自嘉州羊山江路至苴咩城凡四十九程，其至黎州境上远近可渡也。"可知此道可通行，其建设并达到了相当成熟的地步。

古镇雄踞大渡河上，扼守阳山江道，在宋代，成为汉族政权与称为"虚恨蛮"等少数民族反复争夺的军事重镇。有宋一代，嘉州南境从大渡河经马边河至沐川河先后设有堡寨19处，应付各方"蛮夷"，成为嘉州当局最为之头痛的大事。中镇首当其冲，由于大渡河在大水和小水季节所起的防卫功能明显不同，故中镇主寨设于江北，在今古今寺一带，时称"硬寨"。在河南沙坪一带则只在小水天设临时性的寨堡，以为呼应。

到至道元年（995）邛部（今西昌一带）诸驱曾"复请朝觐，通嘉州旧道"，不时有少数民族走此道前来中镇寨进行"边贸"交易。到熙宁（1068—1077）年间，古道更成了宋王朝与大理国进行蕃马贸易的商道。时势造英雄，乐山历史上的第一位冒险家峨眉人杨佐便登上了历史舞台。

宋人《杨佐买马记》载：熙宁六年（1073），陕西诸蕃断绝与宋政府的蕃马交易，宋朝只好转而向南诏买马，并为此招募使者。峨眉进士杨佐应募前往，自费纠集了十多名"打工仔"，买上丝绸，带上口粮、盐姜之类和铁锅、铜锣、弓箭、长枪、短刀坐牌、渔猎用具等，几成一支游牧部落。

一帮人离境之后，一路上早行暮宿。穿森林捕野兽为食，涉河流捕鱼虾果腹。夜宿以帐篷为屋，周围积薪火以防野兽。由于山深林茂，烟霾雾障，时时迷路，日行不过四五十里，以至一日不能越一座山谷。幸而以前有"蛮夷"走此道来峨眉买麻子和荏子，返回时因麻袋破漏撒于路上，使得路上麻荏丛生，成了天然的路标。杨佐一行就靠此过虚恨部达束密而至南诏。

南诏都王得知杨佐是来做大生意的，自是十分高兴，于大云南驿大办招待不说，还与杨佐签定了意向合同书，什么买丝绸若干，卖马若干。杨佐回来后向当局汇报。谁知陕西蕃马贸易恢复，当局便无意于同南诏做马生意。后来南诏按约送来良马若干，却被当局挡于境外，并宣称无杨佐其人，以前的合同无效，带来的马请自便，让南诏人怏怏而还。泱泱大国失信于蕞尔"南蛮"，赵宋王朝之无聊，由此可见一斑。

到南宋，外战外行的赵家军，一改天禧（1017—1021）年前的怀柔政策，从绍兴（1131—1162）年间开始，在阳山江道上与虚恨部落大打出手，先恃强凌弱，后反遭攻掠。在绍兴八年（1138），连中镇寨将茹大猷都落入了敌手。其后数次交锋，宋军战绩自然是羞于见人的了。以至到了绍兴三十二年（1162），虚恨部落公然于峨眉县边境上建立夷神庙，却"无敢谁何者"。

到淳熙（1174—1189）年间，面对虚恨部落的扩张，堂堂赵家天子也只有说："国家兵威不及汉唐远甚，所恃者其天乎。"来了个阿Q精神。此后一直到嘉泰（1201—1204）、嘉定（1208—1224）年间，大多数是虚恨来犯，抄掠边民的伤心故事。如此世道，阳山江道除了梗阻以外，不会有其他结果。

明代，中镇置有巡检司，以为关防守备。到明初洪武十七年（1384），为避零关道"大渡河与相公岭之险"，又图阳山江道"平易可行，无瘴毒之患"，景川侯曹震重整古道，新设驿站，到洪武二十九年（1396）五月全部完工。古道在镇西千户所西接零关道，故又称"镇西古道""越嶲东路"。"较之旧路反近二三百里，日日可行，不必守候哨期"。然而，在通行了一段时间后，此道又逐渐荒芜遗弃。

到百余年后的嘉靖（1522—1566）年间，零关道因天灾人祸时常梗阻，四川按察使司副使富好礼及宁越指挥丁鳌再修此道，并专为此路在镇西千户所东置"新驿"。道路从镇西起"自岭西之首途，随山刊木，缘罗回之境而东之"。几月之内便告成功。据余承勋《修复越嶲东路记》载："凡为戍堡五：曰小菩萨，曰黑麻沟，曰一碗水，曰板房，曰金口；为公馆四：曰舒快，曰老木坪，曰罗回，曰射箭坪。堡、馆间置，连络三百余里。"由于富好礼在修复此路上的功劳最大，人们便以富好礼字春山而称之为"春山路"。

随后的隆庆（1567—1572）年间，越嶲指挥程昱又做了一次修整。不久，因所经"鬼皮"部落多不友好，古道又告荒废。

至康熙十九年（1680），有人想起此道，并称之为"峨眉后路"，并自作聪明地建议驻夹江的清军走此道进军越嶲。岂知古道年久失修"驰步俱难"，一时不能用于军旅，空使清军在夹江贻误了3个月的时间，最后仍走零关道。那提建议的人也军法从事，命归"峨眉后路"。

沙坪老街临河，仅有短短的两条。街临大渡河，街头便是渡口。古有"铜江夜月"一景，诗云："沙坪晓雨洗高楼，大渡夜月照艇舟。"道出了沙坪古渡的风光。隔河背风山下，宋中镇"硬寨"遗址，原有古今寺一座，是峨边历史最早、最有名的一座寺庙，据刘君照考释，"古今"乃"古泾"之讹，如此，又与蜀人南迁有关。寺庙在明嘉靖（1522—1566）年间重建，到20世纪50年代前尚有三重殿堂。当年捉拿国民党高级将领宋希濂而载入峨边大事记一战，就发生在这个地方。20世纪60年代建木材厂，寺庙一扫而光，只剩黄葛老树一株，与铜江之水相依为命，"古寺晓钟"之景全成了古书中的文字。

峨边清代古今寺遗址　1999年6月1日 　　　峨边马嘶溪吊桥　1999年6月1日

沙坪，峨边县城。　1999年6月1日

六、安谷镇

阳山江道水路起于嘉州城，唐代可以上溯至今之汉源。宋以后河道变化，使通航距离缩短到沙坪一带，但仍旧是军事交通要道。延至近代，则只能通行铜街子以下百余公里的水程，这一段大渡河也正好因铜街子产铜而名铜河。

离嘉州城溯大渡河上行10公里，是宋代龙游县四大古镇之一的安国，唐代有寺名安国寺，镇便因此而名。今名安谷，一说是改安国的"国"字为同音的"谷"字而来；二说是祈祷五谷丰登而名；三说是"谷者，善也，谓安于善"，故名；四说是明代乡人因该地之檀谷"山谷幽逸，居之安也"而名。抗战时，古建筑学家刘致平到安谷调查安谷民居，为其优美的环境陶醉，说："有远山绿野，树丛四周，环境幽雅至极。"依旧是同样的感觉。

安谷历史可早到三四千年前的新石器时代，1987年中国社会科学院考古所专程前来发掘，采集了穿孔石刀、黑燧石刮削器等新石器时代文物，确证了安谷新石器时代遗址重要的历史价值。从这些遗址判断，三四千年前的安谷坝子还是一片汪洋，大渡河主道沿安谷、车子诸山而下，今天的山湾在当时都是河湾岔水。古人所居的山腰都位于水边上，大渡河为其从事渔猎经济提供了天然的便利。其后大渡河北移，安谷由湖泊而成沼泽而成平坝，为人们留下了这片肥田沃土。同时，又在安谷的土地下埋藏了一片一片的金沙矿藏，使安谷与金口河沙坪、沙湾葫芦坝并列为乐山三大产金区之一。在20世纪40年代，年产黄金可达六七百两，一度号称"川西南第一金矿"。

古镇及其周围山崖上，汉代以来的崖墓、岩穴墓、石刻造像、寺庙祠堂遗址、碑刻数不胜数。崖墓规模或大或小，有"舞乐""神兽""瑞鸟""斗拱""门阙"等若干雕刻引人注目。有些岩穴墓以崖墓为墓地，开凿于崖墓内岩壁之上，不像一般岩穴墓开凿在悬崖峭壁之上，其做法耐人寻味。

镇上，老街只永乐巷一条尚有些许旧貌，窄小的巷子两旁，老民居还在向我们诉说安谷的历史。

安谷因之得名的安国寺又名海会寺，始建于唐开元（713—741）年间，算来已是嘉州最早的古寺之一。寺历经沧桑，东迁西移，最后在清代迁至安谷镇上。其后，成了供销社的库房。

保存好一点的，算是那座土主庙。其特别之处，是曾经同庙建过安谷文庙。按理，文庙最低也只能设到县级。安谷镇何以如此破例设置文庙？有解释者云：明代安谷出了个武状元，外号钟牯牛，虽是大老粗，但能扛大鼎登场游走几步，故得以进宫吃御酒。谁知得意忘形，乐极生悲，失手打碎御杯，被推出午门斩首，大失安谷人的脸面。有位身为安谷人，曾在山东济南做过知府名章寓之者，认为这是安谷人缺少文化所致，因而破格在安谷土主庙中另建文庙，要安谷人好好读点书，长一点安谷文风。庙内还绘有孔夫子《杏坛鼓琴》的壁画，画夫子鼓琴，弟子侍立，让乡民们看图受教，不要安于当老粗丢人。

这位章寓之对家乡偏爱至极，为了帮助家乡开凿水井，还特地从济南带回7个石井圈，用之建成了7个水井，这就是颇有名气的"七星井"。井至今犹存，所在村也因之称为七星村。

抗日战争时，故宫博物院的9千多箱文物在1939年至1946年曾保存在安谷镇。文物分别存放在6家祠堂和古佛寺等7个地方，经8年光阴丝毫无损。因此，当时的国民政府特颁发7个木匾给这6家祠堂和古佛寺，以资表彰。匾上刻"功侔鲁壁"四大字，为当时故宫博物院院长马衡所书，并刻上了"中华民国国民政府印"方印，表明为政府行为。其匾或金底黑字，或黑底金字，老百姓艳称"金匾"，至今尚存3块残匾。

安谷民居（门为"功侔鲁壁區"残块）
1999年1月28日
安谷镇，央视摄片场景。
1999年1月28日

安谷另外出名的，是安谷水蜜桃。1962年，安谷人民公社把安谷水蜜桃别出心裁地选了16个，印上"毛主席万岁""中国共产党万岁"等字样寄给了北京中南海请毛主席品尝。中共中央办公厅收到后还打了张条子以为凭证，至于毛老人家笑没有笑纳那就不得而知了。

安谷而上，大渡河与临江河汇流处是水口镇。王象之《舆地纪胜》载："旧市镇有名滩曰墨崖，其上有'唐李德裕提重兵过此'九字。"所说的旧市镇即今水口镇，墨崖即今黑岩，为大渡河著名险滩之一。李德裕

水口镇渔船　1992年6月24日

水口镇渔船　1992年6月24日

沙湾大渡河险滩—黑岩（宋代称墨崖）　1999年6月17日

233

道阳山江而达大渡（今汉源），路过此地，故有此题刻。

　　李德裕系唐宪宗时政治家，为晚唐"牛李党争"李党首领。文宗时被排挤，出为剑南西川节度使，在蜀时抵御南诏、吐蕃侵扰，在理县建筹边楼，整治零关道，有功于蜀。《全唐诗》称其"少力学，善为文，虽在大位，手不丢书"，堪称一代儒臣。其整治阳山江道，改革后勤运输制度，强化了对南诏的抵抗力量，没有功劳也有苦劳。

位于罗汉镇大渡河畔的清代宋祠堂　　1991年10月

沙湾嘉农镇民居，现已不存。　　1999年3月23日

　　水路上溯，经罗汉镇后，可以在盐溪口（今嘉农）起旱，翻山达太平场（今临江）后，再沿临江河经唐宋绥山县城（今二峨山北麓羊镇场），往西到罗目镇后合入旱路主道。盐溪口正名叫盐泉镇，镇后有山名玉屏山，唐出隐士，宋建庙宇，蒙（元）遭兵火，明将杨展屯军置戍，使嘉农留名史册。

　　大渡河进入沙湾之后，水流逐渐平缓。《乐山县志》载："绥山以下数十里，洲岛历落，依稀湖湘景况。"因此有"铜河水乡"之称。这水乡中最大的河中绿岛，就是沫东坝。古镇迈东镇便在此坝，是宋代峨眉县五镇之一。宋元之际几十年战火不断，迈东镇也随着嘉州各镇的衰败，由镇变场，被称为"沫东场"了。

明永乐十四年（1416），有一位叫宋道元的人，在镇南玉台山前草创一寺，名太平寺。寺虽不大，不过始料未及的是，该地三百多年后却成了遭难的沫东场的再生之地。

清代乾隆五十一年（1786），因上游汉源地震，大渡河被壅塞十日，到5月16日冲决，形成四川历史上著名的"乾隆丙午大水"。史载乐山情况说：大水"崇朝而至，涛头高数十丈，如山行然，漂没居民以万计。"沫东场正当其冲，结果便是荡然无存。由此，太平寺一区就被选中重建场镇，据说因该寺，新建场也取名太平镇。

到清代，太平镇已是沙湾重地，成为大渡河流域重要的盐煤集散码头，"舟舶往来不绝"。外来之盐由此转运金口河、富林等大渡河上游各地；本地所产之煤则一分为二，大部分船运到牛华溪供灶房煮盐，称"灶炭船"，小部分运乐山城直至成都，卖给有钱人炒回锅肉，称"烧炭船"。

古镇依山临河，明人称颂道："三峨峙其前，九顶列其后，襟沫水，带青衣，高亢朗爽，水秀山环，茂林修竹，森木嘉卉。"镇之后，玉台山"高平端秀，正立如屏，巍然一方之望"，真是嘉山嘉水了。

但实际上，到清代以后，太平镇是以地下出产的煤炭而扬名一方的。到民国时，镇上人口多达五六百户，已是乐山名列前茅的大镇。新中国成立后，也曾是沫江煤矿和管山煤矿的煤炭集散地，有那么一条小铁路穿境而过，给古镇增加了不少工业化的气息。

与太平镇隔水相望的大渡河西岸是千佛岩和丰都庙两处古迹，著名的丰平古渡就在千佛岩下，岩上原有唐代摩崖造像，是郭沫若童年时想去而不能去的地方。当地传说有师徒二人比赛造佛像，以一夜为期。师傅在千佛岩凿了千尊，徒弟到凌云山只凿了一尊，但回来看了师父的却说："千尊佛，万尊佛，赶不上我大佛一只脚。"师父不信，跟着到凌云山一看，果然如此，气得把墨斗甩进了岷江中，河中鱼儿不知水已污染，昏浊浊照吃不误，结果都浑身变黑，个个成了"墨鱼"。如此这般，又成了嘉州墨鱼由来的又一个版本。

沙湾千佛岩渡口上的铁索桥，已封闭停用。
1998年7月24日

新中国修筑公路，石刻佛像只剩得一些小龛小像，勉强看得出唐代风格。原有"丰平义渡"四大字题刻则完全不见，倒是简陋的绥山庙和民国时陈洪范的"义渡碑"留了下来。碑上开头几句道："照得义渡成立，便利往来行人。渡夫给资雇

沙湾丰都庙重建状况　1998年7月24日

定，行旅不取分文。"总算好事一件。至于被郭沫若说"有最可怕的鸡脚神无常"的丰都庙一度消失，今天重建差强人意。而明代在千佛岩引水开筑的千佛古堰则依旧流淌，灌溉着嘉农、罗汉、水口一带的千亩良田。

七、沫若故里

古道溯河而上所经古镇为沙湾。沙湾在唐代名南林镇,为唐代嘉州二十二镇兵之一,宋代名南陵镇,为峨眉县五镇之一。明人安磐《福安寺记》载:"福安寺在三峨山之麓,旧名南陵镇。后负崇岗,前临沫水,左带土溪,右峙石柱。三峨秀出,荟蔚回合,一西南之幽郁旷邈处也。"故有"绥山钟灵,沫水毓秀"之说。镇外曾发现过汉砖,附近山区也有汉代崖墓群发现,可知沙湾开发并不算晚。镇南福安寺(茶土寺)遗址附近曾发现过南宋"淳熙五年(1178)"石室墓一座。墓虽不大,但有瓶花、瑞草等石刻,并出土了铁钱、陶罐、墓志铭等文物,可算宋代沙湾的珍贵史料。

清乾隆以前,古镇在临大渡河的姚河坝上,乾隆丙午年(1786)大水,姚河坝被洪水冲毁,镇方迁移。民国《乐山县志》道:"沙湾场,唐时名南林镇。前清道光时以水灾迁今地。位铜河右岸二峨、三峨之麓。"因新镇地貌是"沙岸湾环",故名沙湾。

沙湾镇老街民居(郭沫若故居旁),现已不存。1999年3月23日

沙湾处古道要冲,自古为四通八达之地。民国《乐山县志》载:"北通盐溪口、罗汉场等地,西北通峨邑、九里场等地,西南通范店场,南通

轸溪、福禄场等地，东渡铜河可上通罗一溪，下通太平寺等地。实观峨乡之重镇也。"至今沙湾到乐山水路一直畅通无阻。清代，郭沫若家的一位曾祖做贩卖瘟猪的生意，走的就是这条水路，并靠大渡河河风，使一船瘟猪无药而愈，发了笔意外之财。

沙湾钟灵毓秀，不出名人则已，一出名人就惊天动地，那就是世界文化名人郭沫若。郭老祖籍乃福建省，清初迁居沙湾，祖父辈不过是做生意的地方士绅。郭沫若1892年出生，从沙湾出乐山到成都而东赴日本，读书做学问步入仕途，既从文又从政。

郭沫若多才多艺，思想解放，好标新立异，在众多的领域中均有建树，成就之惊人，在中国可谓凤毛麟角。故乐山人有评语说"前有东坡，后有沫若"，被世人称为百科全书式的人物。郁达夫说过："没有伟大的人物出现的民族，是世界上最可怜的生物之群；有了伟大的人物，而不知拥护、爱戴、崇仰的国家，是没有希望的奴隶之邦。"对郭沫若也当如是。

郭沫若诞生和成长的老房子还在，现已列为四川省重点文物保护单位，名"郭沫若旧居"。旧居始建于清代嘉庆年间，经几代人逐步扩建成了一座颇有气势的三进四合院附后花园的建筑。因其家经商，还挂上了"郭鸣兴达号"的牌子。后院有私塾，自名为"绥山山馆"，是郭沫若小时候读书的地方。在旧居内可远望峨眉群山，郭沫若第一首诗《早起》就写于此地，诗云："早起临轩满望愁，小园寒雀声啁啾。无端一夜风和雪，忍使峨眉白了头。"

说来郭沫若就是峨眉山下人，一生好游山玩水，然而终其一生，却没有上过峨眉山，好怪不怪。郭沫若死后，遵其"把骨灰撒在大寨虎头山"

郭沫若旧居后院　1995年5月5日

郭沫若旧居纪念馆　1995年5月5日

的遗嘱，与陈永贵共葬一地。大老粗与大文豪生不与共死相依，真是天下奇闻。

沙湾而上，两岸大大小小乡镇林立。有福禄、轸溪、葫芦坝、铜街子、五渡溪、范店等场镇。

古道所经福禄镇，民国《乐山县志》载道："清初设，居民约千户。商业煤矿为大宗，丝茶次之。东通犍为，西通峨眉，南通马边。"而大烟走私更是出名。道光二十八年（1848），为防匪患而筑城，城"高约丈余，围三里许"，今只残墙残门可见。

福禄清代城墙城门残部，修筑沙湾电站后已不存。2000年10月26日

福禄清代城墙城门残部，现已不存。2000年10月26日

239

①清代福禄城墙断面，现已不存。　2000年10月26日
②沙湾轸溪老街　2000年10月26日
③沙湾轸溪清代米市桥　2000年10月26日

　　场外"鱼洞子"出泉水鱼，算得铜河名鱼，只是成了缺货。民国《乐山县志》有载，道是："特别水产之鱼，长不过五六寸，肥美异常。"鱼在春夏出洞逍遥，秋后方归洞养身。鱼少刺而多肉，细嫩鲜美如膏。美食家视为上品，说可与江团媲美，有待诗家吟咏。

　　轸溪老场临河，吊脚楼巍巍然然。有双孔石桥名米市桥，至今完好，可通汽车。

　　葫芦坝于清代建场，名葫芦场。唐《元和郡县志》、宋《元丰九域志》载唐、宋两代嘉州上贡"麸金"，本是大渡河所产砂金，或以葫芦坝

240

为多。延至近代，葫芦坝所产砂金每年多者在500两以上或至千两。

靠砂金产业葫芦坝成为古道上的富裕之区，民国时，采金大户吴阳武便因此成为葫芦坝大款。有钱起大宅，人称"吴砖房"，是古道上屈指可数的高档建筑，木石精雕细刻，算是一处文物。新中国成立后归公而被拆除，现陈列于郭沫若旧居的礅墩、石狮等石刻可见其"砖房"之一斑。

吴氏家族发了家，倒也不忘桑梓父老。20世纪40年代兴办了乐山第一所私立中学"沫江中学"，强制坝上子女免费入学，以培育家乡人才。郭沫若既为之题写校名，又为之另书"礼信忠孝仁义和平"8字勉励后学。

葫芦坝地产苞谷，以之酿成之酒称"葫芦坝苞谷酒"，大山苞谷，加之天然泉水，自然酒味醇正，行销岷江中游一带，颇有名气。酿酒所余酒糟多用来饲养当地特产的"铜河猪"，猪既良种，又食此美味，其肉自然又香又嫩。与酒一样，行销外地，一起张扬了葫芦坝的名声。

坝南依四峨山，风水好，古人在山上建有墓，墓牌坊雕刻精美，人称花山古墓。更有名的是郭沫若父亲郭朝沛墓，郭父死于抗战时的1939年，死得其时，国共两党要人纷纷致哀，毛泽东、蒋介石均有题词。墓建成后，刻石碑立于墓前，蔚为大观。

铜街子镇早在唐代已建成，名铜山镇，也是唐代嘉州二十二兵镇之一。镇西南有铜山，俗名朝天马，盛产铜，镇故得此名。《舆地纪胜》中说："旧经云，乃汉邓通铸钱之地。"明代有记该地产铜之碑说"西蜀名山铜山古"，承认其老资格。其时产铜尚旺，直到清乾隆（1736—1795）时仍有铜可采。附近大渡河中也曾捞取过一块铜锭，上有"工"字铭刻，似为明代之物。

当地有关邓通铸钱的传说很多，下坝有一座邓通墓，地方志上也有记载。明代嘉靖（1522—1566）年间峨眉县知事重修其墓，立碑亦云"汉邓通之墓"。清代诗人王培荀怜其孤单，有诗云："邓通坟近铜山在，寒食无人挂纸钱。"十多年前，铜街子水电站一修，邓通墓没入了水库，有待好事者去水下考古了。剩得的几块残墓碑则放在郭沫若旧居内，成了馆藏文物。

其实铜街子电站水库淹没的最有价值的文物要算硝洞遗址。洞内出土过一些石器，其形制有石斧、龟背形器等，形制颇为原始，同时伴生有时代为一万年前左右的剑齿象等经人类加过工的化石，表明了铜河两岸在乐山原始文明中的重要位置。

前面五渡溪，也是一处水上码头，方志云："为通夷地孔道。"清代建有土城堡，称江苞汛，周围不过两百七十多丈，早已废弃。著名的朝天马铜矿遗址实际上就在此场和铜山镇之间，其南茶店村大铺盖矿区据说是清代龙十万办矿之处，龙十万靠朝天马炼铜致富，与吴阳武一前一后成为沙湾名噪一时的"大款"。

水路再前行，经范店小镇。范店与沙湾间有山区鸟道相通，道路崎岖，宽不过3尺，故称鸟道。古代驮运发达，范店人多组马帮，每户均有驴、马一二头，贩运包括大烟、范店鸡在内的各色货物。

鸟道行经在二峨山和三峨山之间。三峨山又名铧刃山，方志云："分张两翼，矗立如大旗，黛色青葱，异常高秀。"以至于民国《乐山县志》认为：南宋诗人魏了翁评说的"峨眉天下秀"当指此山。山有九顶十八溪之胜，有三佛古寺等，都是古人的福分。今人说从沙湾远眺，三峨山宛若美人春睡，故有美女峰之新名。现又新发现有一大片石林，沙湾人准备包装出一个填补乐山旅游空白的新景区，给当代人一点福分。

范店以上，则进入峨边县，一个被人们视为文明迟来的地方。但是，近年来，在峨边官溪河边的大堡却出土了新石器时代的石斧，有力地证明了峨边的历史可与乐山大多数地区比肩。联想到沙湾铜街子硝洞石器时代遗址，这文明的传播路线大约就是大渡河，大约就是阳山江道。

在峨边彝族古代诗歌中有一首长诗叫《佳枝倚打》，汉译为《丝绸之河》，所指就是大渡河，写的是汉彝之间亲密往来的历史。看来，奔腾不息的大渡河千百年来在峨边小凉山彝族文化中起到了不可替代的作用。大渡河是沙湾文明的根，也是峨边文明的根。

八、大堡城

从沙坪南下，一路可达峨边颇有名的古镇大堡。几年前，大堡曾出土过新石器时代的石斧，可见其开发甚早。明代设土地堡，后改称平夷堡，清代名太平堡，因其为峨边诸堡寨中的老大，故习称大堡。

到康熙四十一年（1702），在峨边设峨眉县主簿，分驻大堡。到清嘉庆十五年（1810）设峨边厅，在1914年始改设县。厅治地与县治均在大堡，大堡又显示出它几百年以前就拥有的重要地位。明成化（1465—1487）时建土碉周长二百余丈，清嘉庆（1796—1820）开始筑城，周长达三百六十丈，高两丈，有东、南、北三道城门。到今日城门无一存者，城墙也只有东、南、北三面断断续续的几百米而已。

峨边清代大堡城墙　1999年6月1日

峨边清代大堡城墙　1999年6月1日

峨边清代大堡城墙　1999年6月1日

①峨边清代大堡城墙断面　1999年6月1日
②峨边大堡古道　1999年6月1日
③峨边大堡民居　1999年6月1日

古镇作为进出小凉山的门户，早有旱码头之喻。彝汉交易多在各种会节进行，最著名的要算三月"烟会"，除了做生意外，会期以"甘莫阿妞像"游街最为热闹。甘莫阿妞是峨边的绝代美人，一位对爱情忠贞不贰的阿米子，其事迹已编成了峨边最有名的长诗《甘莫阿妞》，流传于小凉山一带。诗中唱道："甘莫阿妞生长在什么地方，生长在最美的佳枝倚打——丝绸之河。丝绸之河出锦缎，阿妞的襁褓是美丽的锦缎缝的。"

古镇处于万山之中，现代工业文明难于进入，反过来却为古镇留下了一方净土，绿色食物便成了大堡的一大特色。著名的"峨边春笋"——"三月笋"是峨边的传统土特产，就出产在镇外海拔2000米以上的深山老林中，以"白丽、肉厚、嫩脆、鲜美"被誉为"盛宴山珍"，畅销各地。一般的蔬菜如四处可见的青菜，大堡的也与众不同。那经霜打雪压的青菜头块大肉丰，雪白稀嫩，入口便化，早已成了峨边火锅一绝，人称"大堡青菜头"。到大堡，什么都可以不吃，这大堡青菜头却万万不可错过！

回过头说，大堡毕竟是四战之地。所谓"关寨四塞，控制诸夷"。漫长的历史岁月中，一直兵火不绝。明万历十五年（1587），大赤口（倚子垭口）黑彝头人白露起兵反抗明政府，明政府起65000大军镇压。战后，在峨边大建关卡，在大堡南4里，就新建了号称"川南第一关"的冷碛关。

关为进出凉山的咽喉，三面临岩，一臂独出，凭险雄踞西河。可谓"长骑无用，短镞失功。"有诗家题咏："扼要咽喉寸管间，天王旗下服群蛮。试从江上经三峡，始识川南第一关。"清道光二十三年（1843年），峨边通判徐九经铸"威远炮"一尊，重达万斤，身长8尺有余，为峨边全县铁炮之冠。百余年后的1958年，大炼钢铁，炮被炸碎，只捡到一个几百斤重的炮屁股，为完成上级下达的钢铁任务凑数去了。

现在冷碛关遗址尚存，带瓮城的东西寨门可见遗址。城墙周长只有一百六十多米，关内纵横不过四十多米，可谓核子弹丸之地。但其高出河面三百多米的易守难攻的险峻形势，终使它成为与土地关、大围关齐名的"峨眉三大关"之一。峨边八景里面也便有了"冷碛南屏"一景，成为探险者向往的地方。

有清一代，除了战事不断外，彝汉纠纷、彝人打冤家也时常发生。故民间设防建碉楼，为大堡平添了几分烟云。现存于镇外海拔1500米上黑岗之上的张大喜碉楼就是建于清道光二十二年（1842）的一座典型的碉楼。碉高达10米，共3层，一二层用条石砌筑，第三层则以竹木构筑。石壁上有8个枪眼、箭孔，周围掘壕沟。张大喜又附庸风雅，在碉上大刻楹联，小小一碉，竟有7副之多。其中"不惜锱铢百两费，唯求老幼一身安"一联表明了建碉的用心，尚是实话实说。"碉胜三城筑，室强八阵图"一联吹牛不要本钱，就有点提虚劲的味道了。

镇西南，著名的老鹰嘴雄踞大凉山支脉上，彝语称"依俄波孜"，主峰最高海拔3321米。三峰耸峙，雄奇壮丽，云遮雾绕，气象万千。每当夕阳残照，彤云翻涌，山岚起伏，或似狼烟直上，或如黑云压城，似乎在回放大堡古镇当年的战火硝烟。

大堡往南进入西河地区，已是走倚子垭口之道。一路上深山峻谷，仅杀马溪、溜马槽等地名，已叫人惊心动魄，望而止步。不过，正因为如此，彝族原始风情反而保留最多，那英雄结、擦尔瓦、百褶裙，那坨坨肉、泡水酒……那号称中国百慕大的黑竹沟，那金岩的温泉，那西河三

峨边通往金口河的官料河口大桥　1999年6月2日

金口河（罗回）　1999年6月2日

大名池——大杜鹃池、小杜鹃池、龙浴池……也许会让你忘掉古道的艰辛。

阳山江道从沙坪西去，先至红花溪。那是明代的"四堡三墩"之一的太平墩，由此经斑鸠嘴进入官料河谷，过官料河可达杨村。溯河而上达李子坪便要翻越一大高山，经"二十四道脚不干"和"流黄水"垭口，下山到达罗回镇。那算是乐山境内古道上最后一个重要古镇了，乐山最年轻的一个县级区金口河区政府就在此地。

罗回是大渡河高山峡谷中难得的一坝子，因而成为古往今来人们聚居的地方。明代设罗回公馆，因之而名。

镇西盐井溪河口月儿坝曾出土过七把蜀式青铜剑，其隔大渡河相望的枕头坝也出土过蜀式青铜剑和矛，证明是蜀人南迁之地。附近至今还有蜀王庙沟的地名，或正是古蜀人庙祀的遗名。金口河古称"秦水"便与此有关。唐麟德二年（665）所设的罗目县治，有的学者也认为就在金口河。县名罗目是因金口河的罗蒙山（瓦山）而名，而盐井溪即最早的罗目江。

溯盐井溪再上，途经共安彝族乡，那是清代的平夷堡，俗称板房堡。地处深山之中，便有些外人不知的事。国民政府时期种植鸦片，因违法而查处，因查处而成了一件大事。现在，古道上清代的石拱桥、堡寨遗址依然可见。再经梅岭顶而下，到甘洛的地界后便与零关道相汇南下。

明代，阳山江道又在射箭岭南15里虎皮岗起沿大渡河北岸新拓了一条驿道，是为阳山江道右路。驿道从大瓦山北经阳化堡、楠木围、天池、万家山、松坪、马烈而达汉源（炒米城）与零关道相汇。史载："自炒米城直接峨眉，高山峻坂三百余里。"

此路至今车少人稀，所经金口河镇是颇有争议的名镇，古之"秦水""泾水"有人就指为金口河。明万历十五年（1587）所设的著名的"四堡三墩"之一的金口墩就在此地。"峨边八景"之一的"金口涛声"也在此处。地为交通要地，故周围盛产的蜡虫子多在此交易，旧时每年就有一个"蜡虫会"，年交易蜡虫在3000担左右。

古道溯顺水河而上，途经永胜乡，旧名寿屏山。占天时地利，特产牛夕、虫草和洋芋。其中牛夕年产达160万斤，远销外地、名扬中外的"中华正宗川牛夕"实际上就是这永胜的特产。其洋芋年产400万斤以上，多作为良种外运换回大米,所以永胜"名产洋芋实收大米",故有"永胜大米"之别名。

古道往前所经是最叫人入迷的瓦山了。瓦山与洪雅瓦屋山相别,另有大瓦山之称。山为"断块桌状山",海拔3236米,山顶平坦,以冷杉针叶林为主的原始森林十分茂密。春天,满山遍野杜鹃盛开,美不胜收。

山北麓,明代便已出名的大天池、小天池、鱼池、干池、膏粱池等5个高山冰川湖壮丽无比。1905年峨边办起高等小学堂,县知事王猷撰联就说:"瓦屋云生沛为霖雨,天池水涨变起云龙。"把峨边名胜全部锁定在瓦山一域了。

现在,瓦山冷杉针叶林已是省定的优良冷杉种子基地,满山绿叶为昔日"峨边八景"之一的"瓦岭晴云"增添了新的生命。与那碧玉般的大、小天

金口河大峡谷　2001年6月30日

池（鱼池、干池、膏粱池已干涸了）一起，成了人们向往的旅游胜地。

离开了令人神往的瓦山天池，古道便进入蓑衣岭，那是一处令人闻之色变的地方。岭海拔2800米，民国时为川康两省的界山，号称"扼要咽喉"。终年云雾弥漫，雨水滴零，行人翻越，必备蓑衣、斗笠等雨具，故名蓑衣岭。《乐西公路》半月刊载诗一首道："朝登蓑衣岭，风劲雾正浓。须眉皆雪白，皤然一老翁。"是为实录。

地当交通要道，清代、民国都设关立卡收取税费。以白蜡虫、食盐为大宗，其余油、布、纸也做贡献。还好，在民国时其中一部分"帮给县立高小学校经费"，为后人做了一大功德。

蓑衣岭最出名是在抗战时。1939年，从重庆通往印度的主要国际通道滇缅公路已通车，但原来和川滇之间的公路均要绕道贵州，而修筑乐西公路（乐山至西昌）、西祥公路（西昌至云南祥云）可以作为四川通往缅甸国际公路的一条最便捷的通道，同时也适应了川康边区的开发。

路在1939年冬全线开工，1940年，蒋介石下令限乐西公路一年内通车，否则以贻误军机论处。如此重视，据说又是为国民党政府迁都西昌做准备。几经研究，所采用的路线大体就是阳山江道，而峨眉县界至汉源便取用了明代阳山江道右路。在汉源与零关道相汇后，再沿大渡河北岸至石棉、转而南下冕宁、泸沽到西昌。

公路全长525公里，就有四百多公里是沿用了零关道和明代阳山江道右路。旧有的石桥也仍旧使用，如峨眉县境内的高桥、观音桥等。路由交通部主持，并在乐山成立了乐西公路工程处，由交通部公路总管理处处长赵祖康督修。

修筑乐西公路先后征调了乐山、西昌等36个县的民工十四余万人，其中还有不少彝族同胞。公路在翻越蓑衣岭一段最为艰险，二万多民工在此日夜苦战，赵祖康还特调乐山石工参战，并亲自兼任石工总队队长，如此经三个多月才劈出路基。"其间疾疫相侵，瘴岚为灾。或失足于悬崖，粉身碎骨；或冒露于炮火，血肉横飞。"死伤民工三千多人，数量之多，为整个工程之最。为纪念此事，赵祖康特在蓑衣岭立了石碑一通，"蓝褛开疆"四大字篆书于碑。

1941年1月，乐西公路尚未铺筑路面便宣告通车，赵祖康试车从乐山走到西昌，摇摇晃晃用了36个小时。其后继续铺筑路面，直到年底才完工。值得一提的是，当时内迁乐山的武汉大学土木系师生参与合办公路试验室，对乐西公路中的62公里路面采用了级配石子铺筑的新技术，取得了良好的效果。这种大规模采用级配石子铺筑公路的技术当时在国内还算是一次创举。

或许是开筑乐西公路的惨烈情景久萦人寰，一年后，乐西公路27分段长王仁轩又增刻"蓑衣岭"纪念碑于路旁，昭示来往的后人。同年9月27日，乐西公路工程处特在凌云山大佛寺召开了一次追悼大会，让乐山大佛来超度那些死难职工的在天之灵。

今天，我们重又站立于蓑衣岭上，重睹"蓝褛开疆"丰碑，浮现在眼前的岂止是50年前的艰辛！那南丝路2000年的风云，那不知多少代开拓者的血汗，如岭上云雾，永恒不灭！

第四章 沐源川道

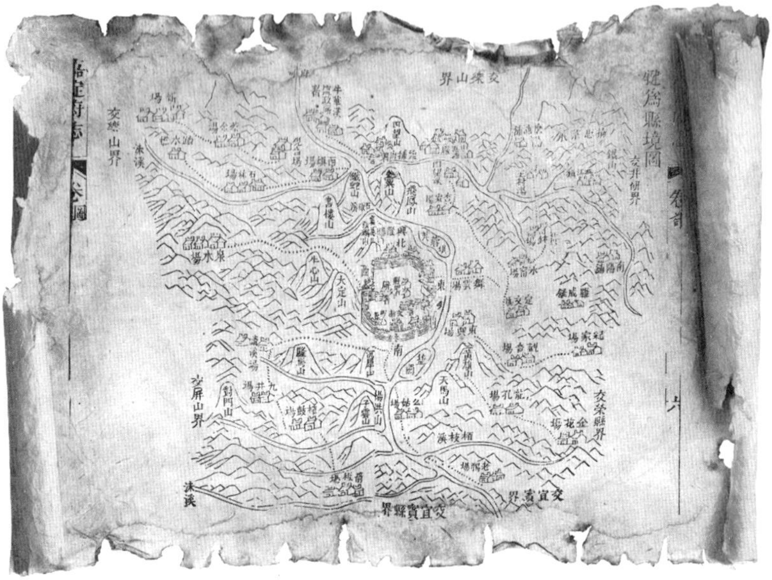
犍為縣境圖
交井研界
交屏山界
交宜賓縣界
交榮縣界

沐川城

宋人张无尽《沐川寨记》云："南蛮东北接境，常挟吐蕃为中国患。盖其路一出大渡河，一出沐源川，一出马湖江。而沐川之地常为啸集之地。"沐源川者今之沐川河，故起自嘉州，经犍为古城，穿沐川河流域翻五指山而达金沙江边的新市镇的南丝路支线被蓝勇称为"沐源川道"。

也有学者认为沐源川是指马边河，所以沐源川道应沿马边河而行。然而大多数学者认为马边河古名婆笼川，虽与沐源川一样同为嘉州南境的重要河流，但却与犍为往新市镇的走向不合，所以史家多认为马边河不可能是沐源川，沐源川道不会走马边河而去。

古道经乐山、犍为、沐川、屏山四县，全为旱道。

255

到新市镇后可翻黄茅埂辗转而达越嶲（西昌），与南丝路零关道汇合。由于新市镇在汉代为安上县，此道又可称安上道。有的史家认为，此道的开通不晚于蜀汉时期。史载建兴三年（225），诸葛亮亲率西路大军南征，很有可能就是走沐源川道南下安上，再到越嶲的。也有史家认为，隋代史万岁南征，也是走沐源川道转安上道到越嶲后，再南渡金沙江入云南的。

仔细分析，联系南丝路东西两路的横向支线除平羌江道和阳山江道外，还有一条"道由安上"的支线，即安上道。由于零关道在东汉后期曾有一百多年因旄牛部落造反而梗阻，所以安上道一时成为成都到西昌的主要通道，虽较零关道"既险且远"，毕竟无敌国对抗，算得上畅通无阻。其后历代沿用，或又称"黄茅埂道"。但此道的起点是在东路岷江道终点的宜宾，从宜宾可溯金沙江至新市镇后改走旱道才与沐源川道相汇。因此，沐源川道又可以说是安上道的一条支线。

唐以后，此道越来越重要。贞观年间，先于沐源川设沐源镇，为唐初二十二兵镇之一。咸通十年（869），南诏军北侵，走零关道在清溪关受阻，便以冻死二千余人的代价，翻越"雪坡"，取道沐源川，占据了沐川寨，并全歼了前来救援的500名唐兵。后又着汉装骗来渡船偷渡岷江，袭占了犍为县城。又沿岷江而上占据凌云山，与嘉州守军夹岷江对垒，来了一场弓箭对射战，相持不下。其后，南诏军又故伎重演，夜渡岷江偷袭嘉州古城，杀唐忠武将颜庆师，赶走嘉州刺史杨忞，震动全川。

传说南诏兵进入沐川时，忽见天降神兵，满山遍野，中有一神将手持长斧坐于二鬼之上，声若迅雷，吓得南诏军全军溃败，有二酋长当场一命鸣呼。此神将即嘉州古城内老霄顶飞天神王庙所供飞天神王也。然而，南诏军攻占嘉州城时，这位飞天神王却未露面（全身心地享受嘉州军民的供果去了），任由敌军摧城拔寨。

到乾符二年（875），高骈为对付云南诸部族，分别筑马湖、沐源川、大渡河三城，已视沐源川道与零关道、五尺道为同等重要地位的军事要道了。

宋代，史家称此道为"由夷道可道犍为县沐川寨"的"入蜀要道"，与阳山江道并列为嘉州通往"蛮夷"之地的两条要道。元明清时，沐川归属马湖，此道使用更为频繁。到现在公路事业发达，沐源川道更成为著名的服务于国家国防需要的全长2850公里的战略公路"213"国道（兰州到瑞丽勐腊中缅边界一条最短的公路线）的一段。

一、清水溪

古道离犍为城南下，所经大山坡黄花冲有一古墓，那就是宋代理学大师邵雍邵康节之子邵伯温墓，人称"夫子坟"。邵伯温子邵博也附葬于此。数百年风雨销磨后，坟墓早已没入野蒿之中。清乾隆（1736—1795）时，当局寻找墓茔，发现残碑一块，上刻着几个字道"康节之子朝议大夫秘阁修撰讳伯温"。方知是邵伯温墓。于是知事沈念兹重修墓茔，立《重修邵公墓》碑为记。1974年，四川省博物馆进行发掘，发现该墓为石室墓，墓室共有四五个，然而出土器物廖廖无几，不过一些首饰、陶罐、陶碗而已。

附近有山名铜鼓顶，传说乡人于此地得诸葛鼓（铜鼓），因之而名，跟诸葛亮南征挂上了钩。

道所经的马边河旁,为一古镇清溪镇,镇处洛江平原南端,因清澈的马边河穿镇而过,而马边河又名清水溪,故镇名清溪、清水溪。镇下马边河回水沱一带盛产花鲢,春汛来时,橹声相和,渔歌互答,有"清溪渔唱"之景,为"犍为八景"之一。清人张曾敏有《清水河》诗道:"清水河边柳眼开,渔人家住碧潭隈。扁舟一放垂杨岸,尺半银鳞入网来。"古镇名若其景,故不免有的学者认为李白"夜发清溪向三峡"之清溪驿就在此地,为清溪之争添加了一家之说。若能成立,清水溪的历史就可上推到盛唐时期了。

犍为城南联合村清代石桅杆　1993年8月10日

其实清水溪的历史可能比唐代更早,其镇南有一古寺名真觉寺,清代和尚维修大殿时,从屋顶取下了一个宝顶,上有"大周五年造"等字样,方志专家认为是北周时物,可证此寺始建于北周,古镇因此也不会晚于北周。后有美国游客姚尔吉闻风而至,想把宝顶收购带走,和尚婉言拒绝,只好拍摄照片一张,快快而去。

古镇历史既久,又当交通要道,所以有的地方史家便认为频繁迁移的犍为县城也曾在宋大中祥符四年（1011）一度迁移于此。镇名"惩非"，是因该地地接"蛮夷"，蛮夷非我汉类，故当惩之。引经据典，也算一家之说。

清水溪作为犍为著名的水码头，在近代又是犍、沐、雷、马、屏等地的粮、煤、百货集散地。1948年，竟然作了雷马屏峨沐犍警备司令部驻地，成了丘八们横行霸道的地方。

犍为清溪清代真觉寺遗址
1996年11月4日

马边河畔的清溪古镇　1998年11月4日

古镇虽古，时至今日，所留文物已不多见。溯马边河而上不数里，河边有岩石状若犀牛，石下有沱名犀牛沱。三秋季节，"每当皓月临空，波心映月，不减西湖三潭之胜"。如此美景，又换得了"沉犀秋月"的美名，自然也是"犍为八景"之一了。明代曾有牌坊，榜书"沉犀秋月"，现在则只有岩上所存"沉犀秋月"石刻，已是王梦庚的手笔。

不过，犀牛沱附近还是有一座石牌坊傲然屹立在青苗绿草之中，风雨不动。牌坊建于清嘉庆十五年（1810），全用青砂石建成，高11.5米。雕刻丰富精美，其中"二十四孝图"十分罕见，圆雕麟、虎、象等兽抱鼓别具匠心。嘉定知府宋鸣琦所题坊联上联云："大节炳千秋，犀月秋怀同皎洁"，切事切景。沉犀牌坊有此一联，不枉为乐山牌坊之最了。

犍为清溪镇清代沉犀牌坊　1993年8月10日

清水溪水美地肥，物产丰富，其茉莉花遍于乡野，清香之味随其所制成的清溪花茶远播四方。特产名食"酥芙蓉"曾在1989年被商业部评为"全国优质名物产品"，有"西南小特产"之称。清溪人自我考证，说其历史可早至五代后蜀时，说是孟昶喜好芙蓉花，想食物也当如芙蓉花。有人投其所好说："犍为有食物类似芙蓉。"孟昶即令人仿制，果然形似芙蓉而味道香酥，遂名"酥芙蓉"。一国之君醉心于什么芙蓉花、"酥芙蓉"之类，国破家亡自然在情理之中。

酥芙蓉真正可考的历史是起于1931年，为"一品香"京果铺名师郭树生所创。郭树生结合当地民间食品"玉兰丝"和外来食品"萨琪玛""风雪糕"的特点，制出此食品形似出水芙蓉，入口酥香绒软，细嫩可化。恰巧清水溪当地有谚语说"洛江三坝有三台，仙人掌上芙蓉开"，此物可算是得了个地利。

二、沐源川

古道在九井坳离开犍为县境，九井一带早在明代已开凿盐井，成为乐山近代盐业的发源地之一，九井之名就是因曾经凿有九眼盐井而来。从九井坳翻越峰门山顶而入沐川，路经卡房坡、松林坡、新街，道路已呈艰险。下山有镇名新凡，旧名中井场。场周围王家湾、小岩头一带分布不少岩穴墓，其年代较乐山一带的为晚。另外，在沐川河旁的洞子背、石梁村山崖上也有一些崖墓，由此可知东汉时期，这一带已经开发。

从新凡沿沐川河而下可达炭库乡，传说古代有"子云筑室"，为扬雄遗迹。扬雄名气大，故有关遗迹也多，在乐山城西就有扬雄山子云亭和太玄洞两处，在五通桥有金粟子云亭，在犍为也有孝姑子云山。沐川又有此子云筑室，真是多多益善了。《嘉定府志》云："子云江源人，初迁沐川，继迁犍为，再迁成都金花寺。"《乐山县志》补充说："当云再迁乐山，四迁成都。"生怕把乐山搞丢了。传说毕竟是传说，西汉之时，沐川尚为僻避边荒之地，扬雄到此不知想打谁的秋风。不过从此地可通孝姑，成为马边一带南下宜宾的要道。

考沐川一地，最早的历史载于屏山县中都出土的一块《明承务郎夷公暨安人安氏墓志》上。《墓志》云："夷之先，鱼凫支子，割封沐川。秦并蜀，绝弗通。在汉唐，唯羁縻，以贵种自居其地。远祖腊曲，后周时死寇，民祠之沐道。及宋始纳土，袭校尉。"《屏山县志》载："宋徽宗朝封黑龙土主。"《税氏家谱》亦云：腊曲"治都沐阳"。后人因此在沐川筑腊曲祠祭祀，祠后来称土主祠。如果你完全相信《墓志》的话，沐川历史竟然可早到三四千年前的鱼凫蜀国时代，与丝路上开发最早的岷江两岸地区不相上下。

但是较之正史，似乎证据不足。以《新唐书》《资治通鉴》所载为例，最早说到沐川，是唐贞观（627—649）时在沐川设镇名沐川镇，与溯马边河而上所建的利云、婆笼、赖泥、平戎同为嘉州二十二兵镇之列。到唐代垂拱三年，即公元687年，玉津县令马元庆调峨眉镇兵5000击败马湖夷，在沐川立碑记功。咸通十年（869），南诏军北进，就攻占沐川镇作为北上进攻犍为、嘉州的据点。乾符二年（875），高骈又于沐源川筑城"以控蛮险"。显然，沐川在唐代以后方成气候最为可信，这与《墓志》《家谱》所载"远祖腊曲"在后周时"始都沐阳",即在沐川河北建城相吻合。当时的沐川,可能还是玉津县的一部分。

到宋代,边防吃紧,宋政权不断在沐川一地修城筑寨,有史可鉴的就有英宗治平(1064—1067)年间龙游县主簿范师道增筑笼鸠寨,宁宗嘉定四年(1211)成都路提刑李埴的扩建沐川寨,另还新筑三赖斫、威宁、笼蓬、永开、白岩等寨堡。唐代的利云、荣丁、赖泥、婆笼、平戎等寨依然屹立,这一批唐宋寨堡形成了五指山北麓的防卫寨堡群,与大渡河的中镇、铜山等寨一起,同南路各"蛮夷"进行着长时期艰苦的对抗。

元代,沐川一域划入了马湖府版图,设置为"沐川长官司",宋时属犍为县的沐川五寨随之归到了马湖府的名下。到明代洪武九年(1376)沐川长官司被撤销,另于中都设沐川州。到洪武十一年(1378),又撤销沐川州重置沐川长官司,治地迁到沐川镇。清代,沐川长官司降格成了沐川乡,划归屏山县去了。

民国时期的1924年,沐川寨又一度成为屏山县治,到1926年结束,为期短得可怜。后在1928年至1932年又在沐川设屏山县分县,仍断不了与屏山的关系。直到1942年,沐川终于设县,以一个县份出现在中国的版图上。

沐川城不大,古城区被沐溪河、沐卷河紧紧环抱,几乎形成一个小岛。恰好岛西部为一山岗,沐川古寨便据山而建,成为依山临水的易守难攻之地。到现在,城内古迹不多,但难以想象的是黑龙土主庙还传留了下来。庙不大,现存是清代建筑,并演变成了悦氏宗祠。新中国成立后神像被毁,剩前后两殿及石门,但风雨飘零,墙颓梁朽,惨不忍睹。原庙门外照壁有砖雕"海马图",颇为精美,也在1982年被盗,士人多为之叹惜。

沐川城内的清代黑龙土主庙（悦氏宗祠），现已不存。　2002年6月28日

清代黑龙土主庙侧立面，现已不存。　2002年6月28日

清代黑龙土主庙（悦氏宗祠）屋面损坏状态，现已不存。2002年6月28日

清代沐川黑龙土主庙　梁架结构，现已不存。2002年6月28日

　　除黑龙庙外，进入和离开沐川寨的一桥一门也都还留了下来。

　　一桥在城西，横跨沐卷河，名永济桥。桥下沐卷河汇而成沱，向来是人们放生之处，故有"放生河"的题刻。桥为廊式桥，古道繁荣之时，桥上人来人往，两旁设桌卖茶。夜来或有明月，故有"凉桥夜月"一景，为

"沐川八景"之一。（沐川也有八景？信不信由你。）此桥历史不长，始建于清乾隆（1736—1795）时，后在光绪（1875—1908）年间重修，实际上也就清代晚期之物。桥为石礅木梁，立柱覆瓦，桥头桥尾和桥中部均为重檐屋顶，飞檐翼角，轻盈飘逸。在沐川，此桥可说是物以稀为贵了。

沐川清代永济桥全貌　1987年11月

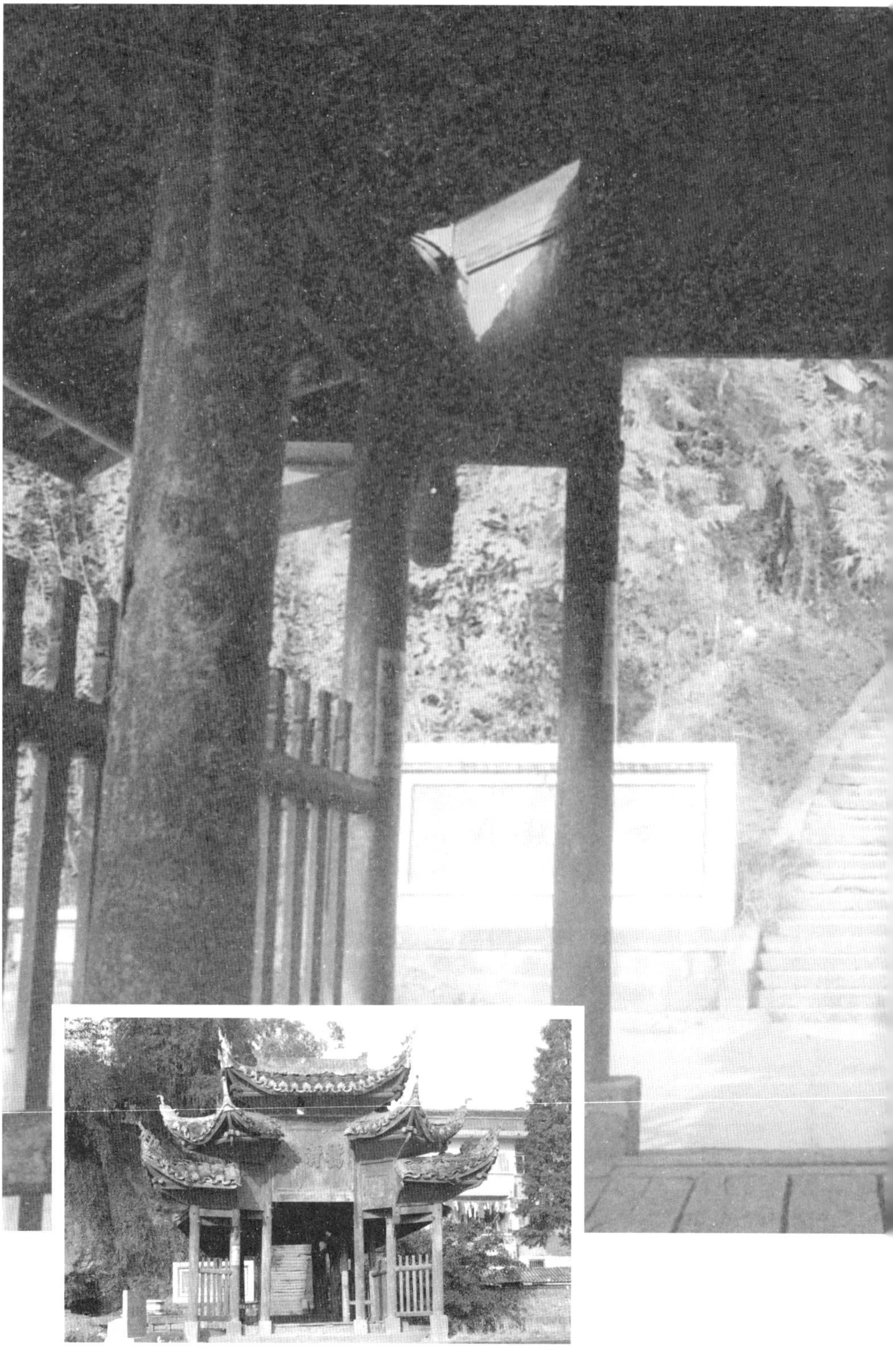

沐川永济桥南下进城古道石阶　1998年11月3日
沐川清代永济桥正立面　1998年11月3日

沐川城东门坎清代石门　1987年11月

一门在城东，人称东寨门，该地小名便称东门坎。山崖上尚有寨墙堡坎一溜，据说与那座如同后院门一般的东寨门都是宋代沐川寨遗址（如此"秀气"，不敢全信）。穿门而下往建和场的道路至今仍是青石板铺就，古道的痕迹，还算是依稀可见。

沐川东门坎清代石门堡坎　1998年11月3日

沐川东门坎清代石阶　2002年6月28日

沐川东门坎内的老街文化街　2002年6月28日

沐川为山区县，竹木成林。明永乐四年（1406），就曾在县城城西二十里神木山砍伐楠木，以贡皇家之用，专称"皇木"。到近代，山区所产桐树成为沐川"家珍"，桐油年产量曾达640万斤，已是名声在外了。

全县竹资源极其丰富，以竹为原料的沐川草纸更是久负盛名，早已远销成、渝等地。草纸柔和细腻，拉力好，吸水性强，价廉物美。多用于卫生、包装、裱背、鞭炮以至纸钱等行业。每当清明时节，那满山遍野飞扬的纸钱，基本上就是这沐川草纸。

沐川多高山，山高雾重。云雾山中，茶叶甚好，据说早至宋代沐川茶已名扬全川，沐川因而有了茶乡之称。县上搞艺术节，也名为茶乡艺术节，自然也有一些表演活动，印象深刻的是那稻草编织的草龙队伍。

沐川草龙历史悠久，源远流长，相传唐太宗李世民不得志的时候，白天沿街乞讨，晚上常枕稻草而眠，后来他登上真龙天子的宝座，当地的人们便扎耍草龙以求吉祥。"群龙草为先"，草龙成为群龙之首。沐川草龙在制作工艺上，几经艺人不断创新，由原始的草把龙变化为网状龙再改进为如今的鳞甲龙，草龙更为精致，更具灵气，是全省乃至全国首屈可指的以稻草为主要原料制作的草龙艺术精品。

沐川土产以乌骨鸡小有名气，此外，有泉水鱼值得一提，此物在民国《乐山县志》上已有记载。此鱼主要分在黄丹场"鱼孔子"。其地岩洞中有泉，每当春夏水涨之际，鱼即出洞游入马边河，长肥后再逆流返回洞中。每次大水期，可捕二三百斤。鱼刺少，肉质细嫩、鲜美，汤色白。由于含脂肪率高，煎煮时无须放油，宛然上品珍肴。甚至于还有人说它就是"《蜀都赋》所谓丙穴鱼"。

沐源川道溯沐川河而上，就进入著名的五指山中。五指山，以山形如人之五指而名，又名夷都山。山峦起伏，险峰重叠，绵亘数百里，雄踞于沐川南境。主峰黄莲棚海拔1827米，与海拔1790米的老君山至今仍保留着成片的原始森林。山北为沐溪河的发源地，山南则为中都河之源头。沐源川道正好从两峰之间穿过，溯沐溪河而上、沿中都河而下。

古道必经建和场（旧名兴隆场），宋代建有寨，名威宁寨，为南宋宁宗时李埴所建成。明代有寺，名慈云寺，是沐川名寺，有《慈云寺碑》载于屏山县志，今碑犹存原地。原有铜铸佛像，据说高达三四米，可惜已不可见。溯河而上经"二十四道脚不干"到达河口。附近有铜矿炼遗址，当是清代乾隆（1736—1795）时开铜矿之遗，人称铜厂坪，已是有名无厂了。

古道下五指山后，往南便到了马边县的老河坝，马边东出屏山的古道（"汪公路"）在此汇入沐源川道后进入屏山县境。沐源川道在老河坝沿中都河而下可达屏山县中都镇，继续沿中都河南下便到新市镇汇入安上道。那里，是沐源川道的终点，那里，金黄色的金沙江日夜不停，记载着丝绸古道的历史信息，滚滚南去，过三峡，入大海，走向世界。

1991—1995年撰稿

后记

  1990年初，四川凉山州博物馆、攀枝花市文物管理处和云南大理州博物馆联合发起举办"南方丝绸之路文物摄影艺术展"，得到古道沿线的成都市博物馆、雅安地区文管所、乐山市文物保护研究所、宜宾市博物馆、昭通地区文管所、曲靖地区文管所、昆明市文管会、楚雄州文管所、丽江地区文管所、保山地区文管所、德宏州文管所的积极响应。该展从1990年4月在大理开始巡回展出，直到1991年元月在成都闭馆，引起了学术界极大的关注和反响。1990年8月，在西昌同时举办了"南方丝绸之路学术研讨会"，会后公开出版了《南方丝绸之路文化论》一书，把南方丝绸之路的研究引向深入。

  本着这次活动的精神，乐山市文物保护研究所庚即开始了乐山市境内（包括现眉山市属的彭山区、东坡区、青神县、洪雅县）南方丝绸之路文化遗址等的调查工作，主要调查时间在1991年至1995年间，通过多种形式、多种方法实地调查，拍摄了上千张照片，并撰写了十余万字的《南方丝绸之路乐山行》一文。其后，作者利用工作时间和业余时间，不定期地进行调查摄影，累计拍摄照片达两千张以上。

当时所拍摄的文化遗址等，经过二十多年的社会经济发展，相当大的部分已经不存在或已改变了原貌。因此，这些照片在现在看来，多少保存了乐山那个年代些许历史文化的真实面貌，显得十分珍贵并具备较高的历史价值。故乐山市政协领导十分重视，决定编印成书传诸后世。

本书最终选用了照片373张，照片的拍摄年代从1987年至2002年，均是胶片机拍摄。本书文字选用了《南方丝绸之路乐山行》中现乐山市属的市中区、五通桥区、沙湾区、金口河区、峨眉山市、夹江县、犍为县、沐川县、峨边彝族自治县及现眉山市属的洪雅县中的文字，约八万余字。实地调查和文字撰写中参阅了大量的明清以来的市、区、县地方志，当代地方志编辑办公室、政协文史委、地名办编印的相关资料和各类文物、风景旅游景区资料，蓝勇《四川古代交通路线史》、邓廷良《西南丝绸之路考察礼记》、段渝《四川通史第一册》、艾茂莉《译峨籁校注》等。谨在此表示谢忱。

本书出版，作者作了一些文字上的修订。由于作者的水平有限，照片的质量不是很高，文字记录也可能有不准确之处，请读者不吝指教。